# わるじい慈剣帖（八）

だれだっけ

風野真知雄



双葉文庫

目次

# わるじい慈剣帖（八）

だれだっけ

# 第一章　悪い猫ほど

## 一

「どうやら、わしは狙われているらしい」

愛坂桃太郎《あいさかももたろう》は、孫の母親である珠子《たまこ》にそう言った。

めずらしく硬い顔で、青ざめてさえいる。悪いものを食ったときでも、桃太郎はこんな顔にはならない。いつもどこかに、飄々《ひょうひょう》として悪っぽい笑みを隠している。

可愛い孫の桃子《ももこ》が部屋の奥から、じっと桃太郎を見ている。ふだんならよちよち歩きで駆け寄って来るのに、満一歳を過ぎたばかりの赤ん坊ですら、ただならぬなにかを感じたのだ。

「誰にです？」

珠子が、かすれた声で訊《き》いた。

「おそらく、仔犬《こいぬ》の音吉《おときち》」

「まあ」

珠子はすでに音吉のことは知っている。妹分の芸者蟹丸《かにまる》から話を聞いた。伝説のやくざであることも。

「いま、そこの長屋の路地を入ったところで襲われたのだ。わしが、かろうじて一撃をかわすと、つむじ風のように逃げ去ってしまったよ」

いまにして思えば、おそらく待ち伏せされていたのだろう。

「お怪我は？」

「大丈夫だ」

まず、それを心配してくれた珠子の気持ちは嬉しい。

「音吉というのは、東海屋《とうかいや》千吉《せんきち》が呼んだやくざですよね。それが、なぜ、おじじさまを襲わなければならないのです？」

東海屋千吉は、このところのしてきたやくざで、蟹丸のじつの兄でもあった。

「その東海屋千吉が、わしを邪魔者だと思ったら？」

狼《おおかみ》の定《さだ》や鎌倉河岸《かまくらがし》の佐兵衛《さへえ》殺しの下手人のことで、桃太郎は核心に迫りつつあった。そういうことが洩《も》れているかもしれない。おそらく千吉のことだから、性質《たち》の悪い岡っ引きあたりは、何人も手なずけているはずで、どうしたってそこらから、話は伝わるものなのだ。

「千吉が……」

珠子は眉《まゆ》をひそめ、

「顔を見たのですか？」

「いや」

「証拠は？」

「ない。わしの勘だけだ」

「おじじさまの勘なら間違いないでしょう。でも、それだと町方には頼めないかもしれませんね」

「頼んでも、向こうもどうしようもあるまい」

どうせ、動くのは雨宮五十郎《あまみやごじゅうろう》だろうし。

「でも、東海屋千吉も誰かに襲われ、怪我をしてるのですよね」

「ああ」

そっちも音吉のしわざのような話をしているらしい。

千吉が書いたあざとい筋書きが動き出しているのかもしれない。あやつの真意はどこにあるのか。なにを消し、なにを得ようとしているのか。

いま、江戸のやくざの世界が激震している。その中心にいるのが、東海屋千吉である。これまでは、日本橋《にほんばし》の銀次郎《ぎんじろう》と、目玉《めだま》の三次《さんじ》という二人のやくざの勢力が拮抗《きっこう》することで、江戸は平静を保ってきた。

千吉は、この均衡《きんこう》を壊そうとしているらしい。だが、千吉に銀次郎や三次ほどの度量があるかは疑わしい。

「千吉の思惑《おもわく》はともかく、わしは狙われている」

「………」

「わしが狙われると、もし桃子がいっしょにいたりしたとき、危ない目に遭《あ》うことになる。それはなんとしても避けたい」

「………」

珠子はそっと俯《うつむ》いた。賢い女である。すでに桃太郎が言わんとしていることがわかったのだ。

桃子はすでにそばに来て、桃太郎に温かい息をかけながら、抱っこしてもらおうとしている。その桃子を見ずに言った。見たら、切なくてたまらなくなる。

「昼間もですか？　真っ昼間なら大丈夫では？」

「そう思うが、いちおう用心したい」

「わかりました」

そう長いあいだにはさせない。そのためには、できる限りの知恵を絞る。

「あんた、正月のお座敷はどうなっている？」

桃太郎は珠子に予定を訊いた。

今日はもう、暮れの二十九日なのだ。明日は大晦日《おおみそか》（太陰暦）である。

「大晦日と元日はお休みです。二日は、置屋のおかあさんのところにお年賀の挨拶に行くだけです。でも、三日からはお座敷が入っています」

「そうか」

とりあえず、年末年始の三日は、珠子がべったり桃子を見ていられる。だからといって、三日でなにもかも片がつくとは思えない。

――片をつけるためには……。

こちらから誘い出すしかない。

## 二

大晦日、元日、二日と、夜にかけて、桃太郎は外を歩き回った。仔犬の音吉の襲撃を期待したのである。それで決着をつけてしまえば、桃子に危害が及ぶ心配もなくなるのだ。

もちろん、万全の準備もした。着物の下には、軽い鎖帷子《くさりかたびら》をつけた。これで、匕首《あいくち》がまともに刺さっても、内臓まで達することはない。

刀は短めのものを一本だけ差した。匕首相手となるのを想定し、剣を速く小さく振ることを第一とした。また、手裏剣《しゅりけん》として遣えるように、小柄《こづか》も懐に忍ばせた。

大晦日の夜は、人が多かった。

商家の借金取りが遅くまで歩き回っていた。江戸の風物詩と言っていい光景である。そこには無数の庶民の泣き笑いがある。

桃太郎はわざわざ人けの少ないところを歩いた。

だが、音吉は襲いかかって来なかった。

一瞬、気配のようなものを感じたが、気のせいだったかもしれない。

元旦の昼——。

桃太郎は、駿河台《するがだい》の実家にもどった。隠居はしたが、いちおう愛坂家の長老として、家族や家来の挨拶を受けないといけない。

そこでちょっとした騒ぎがあった。

いちばん上の孫の善吾《ぜんご》の姿が見えないというのである。

「後継ぎになるべき男子が」

と、嫁の富茂《とも》が怒っている声も聞こえた。

「お前さま。善吾が相変わらずなんですよ」

千賀《ちか》が、三日間、夜が明けていないような顔をして言った。この前も桃太郎の長屋に来て、そのことを愚痴《ぐち》って行ったのである。

「相変わらず？」

「こうして、ときどきいなくなるのです」

「置き物じゃないんだから、人間がときどきいなくなってもなんの不思議はないだろうが」

桃太郎は苦笑いして言った。

「元旦など、一年の最初の一日というだけだ。毎日食う飯の最初の一口は、そんなに大事か？」

「ですが、元旦早々」

「また、そういう無茶苦茶なことを」

「そのうち出て来るわ」

桃太郎が言ったとおり、しばらくして善吾が挨拶に来た。ずいぶん怒られたらしく、表情に見えない傷がにじみ出ている。

なんでも、牛小屋で牛を乗り回す稽古《けいこ》をしていたのだという。

桃太郎と千賀の前に正座して、

「おじじさま、おばばさま」

と言ったきり、善吾は黙っている。

「うむ。めでたくもないと思うなら、別に年賀の挨拶などしなくてもよいぞ」

と、桃太郎は言った。

「いいのですか？」

善吾は驚いたように訊いた。

「ああ。おぬしはまだ十五だから分からぬと思うが、わしくらいになると、また一つ歳を取ったと思うと、憂鬱《ゆううつ》なくらいだ」

「そうなのですね」

「だが、せっかく来たのだから、おはようございますくらいは言え」

「おはようございます」

「ああ、おはよう」

「今度、おじじさまの長屋に遊びに行きたいのですが」

善吾がそう言うと、

「ああ、それはいいですね」

と、千賀が嬉しそうに言った。

「町を歩きたくなったら、おじじさまのところに行きなさい」

とも付け加えた。そんなに来られても困るが、

「場所は知っているのか？」

「松蔵《まつぞう》に案内させます」

松蔵は愛坂家の中間である。

「かまわぬ。来るがいい。そうだ、年玉をやらないとな」

桃太郎は、二朱銀を握らせた。こういうときは、大家の卯右衛門《うえもん》からの頼まれ

仕事をやっていてよかったと思う。

「こんなに」

善吾はまだ十歳くらいの笑みを見せて下がって行った。

桃太郎は夕方になってから長屋に引き返し、ひと眠りして、外に出た。

元日の夜は、酔っ払いが出ていた。

そこで桃太郎も酔ったふりをし、少しふらついてみせたりもした。

だが、音吉の出現はなく、翌二日の夜も同様だった。

三

朝、起きるのは遅かったが、昼はのんびり長屋で過ごした。二階にはずっと陽が当たっていた。

やくざの騒ぎがなければ、さぞやいい正月だっただろう。

正月も三日になった。

珠子は今年最初のお座敷が、おなじみ室町《むろまち》浮世小路《うきよこうじ》〈百川《ももかわ》〉の昼のお座敷だったので、桃子をいっしょに連れて行った。

桃子と遊べないと暇でしょうがない。

大晦日から三が日は家族と過ごし、長屋にもどったばかりの朝比奈留三郎《あさひなとめさぶろう》が、桃太郎のようすを見て、

「そうだ。水戸部《みとべ》さんの見舞いにでも行かぬか」

と、声をかけてきた。

「水戸部金吾《きんご》さんか？」

「意地悪水戸部だよ」

上役だった。いや、同じ目付だから、本来は同僚なのだが、五歳年上の先輩というだけで、完全に手下のように扱われた。

朝比奈のほうはそうでもなかったが、桃太郎のことはことさら憎々しかったらしく、危険な仕事もずいぶん押し付けられた。その分、大手柄を立てることになったりしたのだが。

ただ、水戸部が隠居するところは、桃太郎のやり方を認めてくれたらしく、老中《ろうじゅう》に町奉行の候補として桃太郎の名をあげてくれたこともあったらしい。

「水戸部さん、具合でも悪いのか？」

「そうらしい。なんなら、横沢慈庵《よこざわじあん》を紹介してやろうかと思ってな」

「それはいい。では、行くか」

水戸部の家は、麴町《こうじまち》だった。

屋敷の広さは、三百坪ほどか。桃太郎のところよりは狭いが、庭の松の木などが見事に育って、いかにも格調がある。

だが、おとないを入れると、

「あら、朝比奈さまに愛坂さま……」

奥方が微妙な顔をした。

「具合がよくないと伺って、見舞いに参上したのですが」

と、朝比奈が言うと、

「ええ、まあ、具合はよくないのですが」

「お会いしないほうがいいですか」

「いえ。会ってやってください。ただ、驚かれるかもしれませんが」

奥方は、庭が見えるほうへ案内した。

「え？」

桃太郎と朝比奈は、顔を見合わせた。

水戸部金吾は、上半身裸になって、木刀を振っているところだった。

元気そうである。もともと痩身《そうしん》だったが、さらに痩《や》せた。だが、元気がないというのではない。

「えいっ、とあっ」

と、木刀の振りは、早く、力がこもっている。

「いやあ、素晴らしいですな」

朝比奈が思わず声をかけた。

「お。来たか、二人とも。待っておったぞ」

水戸部が言った。

「待ってた？」

朝比奈は桃太郎の顔を見た。待たれる理由はない。

先に現役を退いてから、六年ほど経っている。ずっと会っていなかったので、久しぶりに顔を見たが、ずいぶん穏やかになっている。前はもっと目つきが鋭く、視線が油っこい感じだった。それが、さっぱりと二度洗いしたみたいな眼差しに変わっている。

「ちょっと変わられましたね」

庭から座敷のほうに上がってきた水戸部に、桃太郎が言った。

「変わったか？」

「穏やかになられました」

「そりゃあそうだ。もう、八十七になった」

「……………」

そんなになっているわけがない。桃太郎たちより五つ上だったから、六十ちょっとのはずである。

冗談かと思ったが、しかし水戸部という人は、桃太郎と違って冗談などは言わない人である。三十数年付き合って、冗談は一度も聞いたことがない。

なんとなく変な感じがしていると、

「学問のほうはどうだ？」

と、水戸部は桃太郎と朝比奈を交互に見て、訊いた。

「去年の最初のころは、習いごとを十ほどしていたのですが」

と、桃太郎が先に答えた。

「十も。それは感心だ」

「いろいろ忙しくて、だんだんやれなくなり、結局、年末になったら、なにもしてませんでした」

「挫折《ざせつ》か？」

「はあ」

「いい若い者がそんなんじゃいかん！」

水戸部は語気荒く言った。だんだん目が吊り上がり、昔の顔にもどりつつある。

「いい若い者……」

「お前は？」

朝比奈に訊いた。

「わたしも、似たようなもので、いまはとくになにも」

「駄目だ、駄目だ。それでは二人ともうちの養子にはできんな。考え違いをしている。滝にでも打たれてから、出直して来るといい」

「はあ」

どうやら、桃太郎と朝比奈を甥《おい》っ子《こ》かなにかと勘違いしているらしい。

具合が悪いというより、惚《ぼ》けているのだ。

「わしは厠《かわや》に行ってくる。もどって来るまで待っておれ」

そう言って、水戸部はいなくなった。

ちょうど入れ違いで、奥方が茶を持ってきた。

「おかしいでしょう？」

奥方は情けなさそうに訊いた。

「われわれを甥っ子かなにかと勘違いしているみたいですが」

と、桃太郎は言った。

「そうですか。うちは、姪《めい》っ子《こ》は何人もおりますが、甥っ子などいないのですよ」

「そうなので」

では、われわれは何なのか。

「去年の夏ごろまでは、家族もなんとかああなったのを隠そうとしていたのですが、もう隠しきれないので、仕方ないことだと思ってます」

「それはそうです」

「不愉快な思いをなされないとよいのですが」

「それは大丈夫ですが、そういうことなら早めに退散しましょう」

水戸部がもどって来たので、

「そろそろわれわれはお暇《いとま》します」

と、二人いっしょに立ち上がると、

「いかん。年玉をやらなきゃな」

「いや、そんなものは」

「馬鹿者。甥に年玉もやれなかったら、わしの恥《はじ》だろうが」

怒り出しそうだったので、

「あ、いただきます」

と、慌ててもらうことにした。

屋敷を出て、桃太郎と朝比奈は、手のなかにあるものを改めて眺めた。

折れ釘が五本ずつ。それは丁寧に磨いたらしく、錆《さび》などはなく、危ないくらい光っている。これを、一枚、二枚と数えながら、二人に手渡してくれたのだった。

「こんなの持っていると怪我するな」

「ああ」

「捨てたほうがいい」

桃太郎が、土塀の向こうの水戸部家の庭にそれを放ると、朝比奈も真似をした。

「田山《たやま》さんのときより衝撃だな」

と、桃太郎は言った。

かつての別の同僚も、惚けが来てしまい、簡単な言葉も思い出せないようになっていたが、水戸部の惚けはさらに深刻だった。忘れるという段階よりさらに向こうの、別の世界に入り込んでしまったみたいだった。

「ああ。まさか、水戸部さんがな」

「ということは、わしらだって惚けても不思議はないわけだ」

「そういうことだな」

「惚けは嫌だな」

桃太郎はしみじみと言った。

「わしだって、惚けるくらいだったら、いまの病《やまい》で死んだほうがいい」

「惚けない方法はないのかな」

「予防策か」

「聞いたこと、ないか？」

「寄る年波《としなみ》には勝てないというからな」

「ないのかよ」

正月早々、暗澹《あんたん》たる思いである。

四

朝比奈は家の者に水戸部のようすを教えて来るというので、途中で別れ、坂本《さかもと》町《ちょう》にもどって来ると——。

そば屋の前に、ここのあるじであり、桃太郎たちが住む長屋の大家でもある卯右衛門と、南町奉行所の定町回り同心《じょうまちまわり》である雨宮五十郎がいた。中間《ちゅうげん》の鎌一《かまいち》はいっしょだが、岡っ引きの又蔵《またぞう》は見当たらない。雨宮はいつものように、馬が日向《ひなた》ぼっこをしているときのような顔をしている。

桃太郎が近づいたのに気づいて、

「愛坂さま。桃子ちゃんは？」

と、訊いた。

正月だから、なおさら桃太郎は桃子を連れ歩いていると思ったのだろう。

「うむ。ちとな」

事情を説明するのは面倒臭いので、

「わしといっしょにいると、危ない目に遭ったりするかもしれないのでな」

とだけ言った。

「愛坂さま、気をつけてくださいよ」

と、雨宮は言った。

「なにが？」

「深川《ふかがわ》で、この年末年始に三人ほど、二、三歳の子どもがかどわかしに遭ってますので」

「かどわかしだと？」

背筋に冷たいものが走った。

「どうも人身売買をやる一味がいるらしいんです」

「それなのに、あんたはこんなところで油を売っていていいのか？」

桃太郎は非難の口調になって言った。そんなことがあったら、いまごろ深川界《かい》隈《わい》を汗まみれで駆け回っていないといけない。

「ところが、愛坂さま。こっちは殺しなんですよ、殺し」

雨宮は、自慢するみたいに言った。

「この近所でか？」

まだ松も明けないうちに、物騒なことである。かどわかしに、人殺し。ただでさえ、桃子に近づけないのだから、そういうのは起きてもらいたくない。

「そっちの路地を入ったところの一軒家に、通二丁目《とおりにちょうめ》の両替商の〈磯部屋《いそべや》〉の隠居で、柿右衛門《かきえもん》さんという人がいたのはご存じないですか？」

雨宮が話す前に、卯右衛門が言った。もっとも、雨宮の話より、卯右衛門が話すほうがわかりやすい。

「あっちの路地は入ったことがないな」

「うちにもしょっちゅう食べに来てましたよ。そうか。柿右衛門さんが来るのは、愛坂さまよりちょっとずつ遅かったから、あまりいっしょにならなかったのかもしれませんな。なっても、話しかけたりする人じゃなかったですしね」

「なるほど」

「猫好きで、ちょっと変わった虎縞《とらじま》の猫を飼っていたんですが」

「ちょっと変わった虎縞？」

「ええ。身体は、茶色い虎縞なんですが、尻尾だけ真っ黒なんですよ」

「ああ。それなら、うちの長屋にも来ていたぞ」

珠子が飼っている黒子《くろこ》とも、ときどきいっしょにいた。ただ、黒子のほうは、なんとなく嫌がっているようにも見えた。

「その猫の飼い主ですよ」

「下手人《げしゅにん》はわかっているのかい？」

桃太郎は雨宮に訊いた。

「いや、まだなんです」

「斬られたのか、刺されたのか？」

それで、下手人が武士か町人かの見当がつく。

「殴られたんです」

「撲殺《ぼくさつ》か」

となると、町人だとも言い切れない。

「目当ては金か？」

桃太郎はさらに訊いた。

「たぶん」

「たぶん？」

「なにせ、裕福な人でしたので、家を調べたら二階の押し入れに二十両ほどはあったんですが、別のところにもあったとしても不思議はないので」

「なるほどな」

「柿右衛門には口癖《くちぐせ》がありましてね」

「口癖？」

「ええ。悪い猫ほど可愛いと、よく言っていたらしいんです」

「それは、あの虎縞の猫のことか」

「いやいや、違うでしょう」

と、雨宮は自信ありげに笑った。

## 五

雨宮は、もどって来た岡っ引きの又蔵から、通いで柿右衛門の身の周りのことをしていたおかみさんから聞き込んだことの報告を受けると、どこかに行ってしまい、桃太郎はそば屋のなかに入った。

「調べは、雨宮が担当かあ」

桃太郎の言葉には、頼りないなあという気持ちがこもっている。

「そうなんですよ。大丈夫ですかね」

と、卯右衛門も言った。

「悪い猫ほど可愛いか」

「あたしもそう言ったのは聞きました。あの猫が、うちの裏で煮干しを狙ってたことを、柿右衛門さんに言ったとき、謝ったあとで、そんなふうに言ったんです」

「だが、雨宮は本物の猫のことは取ってなかったな」

「ええ」

「悪い猫とは、女のことだというのかな?」

「しかも、若い娘」

確かに雨宮はそう睨《にら》んだみたいである。

「だが、雨宮が睨むと、下手人は消えてしまう心配はないのかな」

「ぷっ」

と、卯右衛門は笑い、

「でも、あたしも、そう受け取ってもいいような気もします」

「ほう」

「柿右衛門さんは、もてそうでしたしね」

「いくつくらいだったんだ？」

「七十に届くか届かないかくらいでしょう」

「ふうむ」

そんな歳まで女遊びがやれたらたいしたものである。

「でも、身体はほっそりして、動きも若々しかったですよ」

「じゃあ、そこの隠居家にも若い娘が出入りしてたのか？」

「いや、そういう話は聞いたことがないんですよ。近所のおかみさんで二人ほど、料理や掃除洗濯などで出入りしてたんですが、女っけはないと言ってましたがね」

さっきの又蔵の報告もちらりと聞いたところでは、そんなふうだった。

「さあ。雨宮は悪い猫のような若い娘を見つけられるかな」

桃太郎は、面白そうに言った。

珠子は、百川の昼の席を終えると、そそくさと帰途についた。桃子は背負わずに抱っこして、三味線《しゃみせん》など荷物のほうをひとまとめにして背負った。

こうしたほうが、桃子を守ることができると思ったからである。

――おじじさまは、自分が狙われることで桃子がとばっちりを受けることを心配しているが、それは違うのではないか。

珠子はさらに考えたのだ。

もしも、東海屋千吉が想像しているよりもっと邪悪な人間だったら……、そして、桃太郎の追及に怯《おび》えているとしたら……。

――おじじさまより、桃子を狙うのではないか。

そこまで思ったのである。

もしも、桃子になにかあったら、おそらくおじじさまは立ち直れない。やくざの喧嘩《けんか》に首を突っ込むどころか、いっきに呆《ほう》けたようになってしまうだろう。千吉なら、そこまで考えるのではないか。そして、珠子は恐怖に震えたのである。

――桃子は、あたしが守る。ぜったい守る。

昨日は置屋のおかあさんにも、しばらくは昼のお座敷だけにしてくれと頼んでおいたのだった。もちろん、昼のお座敷も、外せるものはできるだけ外して欲しいと。

珠子はさらに、南町奉行所の雨宮五十郎にも連絡を取り、仔犬の音吉のことをなんとかしてくれるよう頼むつもりだった。雨宮は今日、夕方には長屋に来てくれるはずである。

長屋に帰るとまもなく、

「むふ」

戸口の向こうで咳払《せきばら》いが聞こえた。

雨宮がやって来たのだ。

戸が開くと、ちょっと緊張した雨宮の顔が見えた。

「ごめんなさいね。お忙しい雨宮さんを、お呼びだてして」

「なあに、珠子姐《ねえ》さんのためなら、盆と正月を捨てちまってもかまわねえ」

雨宮はそう言って、遠慮がちに上がり口に座った。いつもいっしょにいる又蔵と鎌一は、外に控えているらしい。

おじじさまが、この町回り同心をまるであてにしていないのは、珠子にもわかっている。だが、なんのかんの言っても、れっきとした町奉行所の同心なのだ。町方が動いているとなれば、どんなやくざでも下手なことはしない。それは、芸者という仕事をつづけていればわかる。芸者とやくざが住むところは、微妙に重なり合っている。

「音吉のこと、わかりました?」

と、珠子は訊いた。

じつは、桃太郎が音吉に襲撃されたことも、雨宮には文を書いて伝えておいたのである。あたしが伝えたことはないしょにしてくれとも書き添えて。

「うん、さっそく調べてきたよ。音吉は、東海屋に泊まっていたんだがね。ただ、もう、いねえんだ」

「いない?」

「ああ。おいらは行って、この目で確かめてきた。荷物もなにもなくなってた。千吉が刺された晩にいなくなったんだと。千吉の子分たちも不思議がってたよ」

「おじさまが襲われたのは、そのあとですよね」

「うん。はっきりしねえんだが、千吉は音吉らしきやつに刺され、その次の晩に愛坂さまが襲われたことになる」

「では、江戸のどこかに?」

「いるかもしれねえが、もはや、おおっぴらに動き回ることはできねえ。野郎も江戸にいたら危ないと感じているはずだ。おいらは、もう江戸を出たと睨んだがね」

「そうだといいんですが」

とは言ったが、珠子はまだまだ安心する気はない。

「ねえ、雨宮さん。おじじさまが狙われたことの裏には、千吉の依頼があったんじゃないかしら」

「ほう」

雨宮は感心したように珠子を見て、

「いや、おいらもそう思ってたんだ。たぶん千吉も、愛坂さまの凄さを感じ始めているだろうからね」

「そうなると、桃子も危ないんですよ」

珠子は、そばにいた桃子をぎゅっと抱きしめて言った。

「桃子ちゃんが……。そうか。だから、愛坂さまは、今日、桃子ちゃんを連れてなかったのか」

雨宮は手を叩いて言った。

「ええ。しばらくは桃子といっしょにいないようにするって」

「うんうん。愛坂さまらしい」

「でも、あたしはそれでも心配」

「え？」

「あたし、雨宮さんの家に寄せてもらおうかしら。桃子といっしょに」

それは、珠子もふいに思いついたことだった。自分でもびっくりしたほどの思いつきだった。だが、いいことを考えたものである。八丁堀《はっちょうぼり》の真ん中に入ってしまえば、これほど安全な場所はない。

すると雨宮は、思いっきり相好《そうごう》を崩して言った。

「そりゃあ、もう、大歓迎だよ」


「おい。同心の雨宮が、珠子さんのところに来ているぞ」

と、朝比奈留三郎が二階に上がって来て、桃太郎に教えた。

「なんで、わかる？」

「いま、厠に行ったら、珠子さんの家の前に岡っ引きと中間が突っ立っていたんだよ」

「そうか」

であれば、雨宮はいる。だが、雨宮がなんで珠子の家にいるのか、桃太郎にはわからない。なにか怪しい。

だからといって、桃太郎がのこのこ珠子の家に顔を出すわけにもいかないだろう。

「あの二人、なんとなく接近しているのではないか。いや、まだ、男女の仲ではないだろうがな」

と、朝比奈が言った。

「留もそう思うか？」

「ああ。もちろん、熱を上げているのは雨宮のほうだが、珠子さんのほうもまんざらではないんじゃないか？」

「うーん」

そこはなんとも言えない。倅《せがれ》の仁吾《じんご》と似たところもある。

「反対か？」

「というより、あの二人はつり合うか？　男と女には、つり合いが大事だぞ」

結局、仁吾との仲も切れてしまったのだ。

「桃にしたら、硬いことを言うではないか」

「そりゃあ、桃子のためだ」

「なるほど」

「同心の給金はいくらなんだ？」

「確か三十俵二人扶持《ぶち》くらいではないか」

「そりゃあ安い」

「珠子さんの稼ぎは、その十倍以上だろうな」

「まあな」

だが、珠子の場合は、着物だのかんざしだの、かかりも目を剝《む》くほどである。

「とはいえ、町方の同心などは才覚さえあれば、大名屋敷や大店《おおだな》に取り入って、裕福な暮らしが送れるらしいぞ」

「才覚があるか、あれが？」

「なさそうか」

朝比奈は笑ったが、桃太郎には笑いごとではない。

雨宮が桃子の父になる？

反対どうこうより、それはまったく想像できないことだった。

## 六

正月の四日に、横沢慈庵が顔を見せた。

医者のほうが疲れたような顔をしている。たぶん、三が日も急病人のため、駆け回っていたはずである。「医者に休みはない」とは、以前から言っていた。

朝比奈を診察しているのを、桃太郎は離れたところから見た。

一通り朝比奈の顔色などを見、腹を触り、

「いいですね」

「ああ。からだも以前より軽くなっているみたいだ」

と、朝比奈は言った。

「そうですか。この調子で、今年も乗り切りましょう」

慈庵は笑顔で言った。

だが、薬の量は以前より増えている。当然、朝比奈もそのことはわかっているはずである。病が進むのを遅らせてはいるが、決して治るわけではない。病も老いも、逆戻りはできないのだ。

薬箱を片付けだしたのを見ながら、

「近ごろ、留もわしも、飯の量を減らし、魚や野菜を多く食べるようにしているんだ」

と、桃太郎は言った。

「それは素晴らしい。わたしが言っても、なかなかやってくれる患者は少ないのですが」

「どういう病にいいんだい？」

「おそらくほとんどの病に」

「ほう」

「とくに、小便が甘く匂う人がいますな」

「そうらしいな」

目付にも何人かいた。確か、水戸部金吾もそんなことを言っていたのではないか。

「そういう人は、必ず、目が見えなくなったり、足が腐ったりしますが、その病にはてきめんに効きます。だが、言うことを聞いてはくれません。飯を食わなかったら、日本人ではなくなるのだそうです」

「ははあ」

米の飯を食うことは、信仰に近いのだ。だが、年貢《ねんぐ》を納める百姓は、米などめったに食わず、粟《あわ》や稗《ひえ》を食っていたりする。それを考えたら、米にかける思い入れも、たいして大事なことではない。

「惚けにはどうだい？」

桃太郎はさらに訊いた。

「効くと思います」

慈庵は深々とうなずいた。

「やはりそうかい？」

「これは、あくまでもわたしの見解なのですが、飯だのうどんだのを食い過ぎる人は、惚けている気がします」

「そばはどうだ？」

そばは、米やうどんとは違う気がする。佇《たたず》まいが、素朴である。真っ白い食い物は、いかにも贅沢《ぜいたく》である。

「そばもいっしょですな」

「そうか」

そばは違うと言って欲しかった。

卯右衛門が聞いたら、さぞかしがっかりするだろう。卯右衛門に言わせれば、飯をそばに替えると、ほとんどの病はよくなるはずなのである。

「惚け予防には、飯や麺《めん》を少なくだな」

「はい」

「ほかにはないかい？」

「よく歩いたり、動いたりする人はなかなか惚けないみたいです」

「ほう」

「たらふく食べて、あまり動かない。そのくせ、たいして肥《ふと》ってもいないなんて人ほど危ないですね」

「なるほどな」

予防法があるなら、それを努力すればいい。努力も無駄と言われるのはいちばん情けない。

四日目になって、ようやく希望が見えてきた。

珠子は今日も家にいるらしい。桃子と遊ぶ声が聞こえている。

桃太郎は、桃子の顔を見たかったが、我慢して海賊橋《かいぞくばし》のほうに出て来ると、大家の卯右衛門ものんびり川の流れを眺めているところだった。昼の客を迎えるにはまだ早いのだ。

「愛坂さま。いよいよ町が動き出しましたね」

卯右衛門は根っからの商売人で、町は活気があるほうが嬉しいのだ。

「それはそうと、柿右衛門殺しの調べは進んだのかな？」

「まだみたいですよ。雨宮さまが、さっきも悪い猫のような若い娘はまだ見つからないって走り回ってました」

「そうか。だが、飼っていた猫はどうしたんだろうな？」

「猫？」

卯右衛門は不思議そうな顔をした。

「飼い主がいなくなったんだろう。餌《えさ》はどうしてるんだ？」

桃太郎は、生き物のことが、どうしても気になってしまう。人も生き物も、同じこの時代を生きている仲間のようなものではないか。

「悪い猫だから、なんとかしてるんじゃないですか」

「ところで、柿右衛門は、頭のほうはしっかりしてたのかね？」

七十前後なら、惚けていても不思議はない。

「ああ、ちょっと来てたかもしれませんね」

「そうなのか？」

「なんせ、磯部屋さんといったら、かつては遣り手で有名でしたからね。競争相手をつぶし、自分のものにしたなんてのも、一軒や二軒じゃないはずです。ところが、五年ほど前に隠居してからは、ずいぶん穏やかになりました」

「穏やか？」

「ニコニコ笑っていることが多くなったし、かつては間髪《かんはつ》を容《い》れずに反論してくることがあったけど、近ごろは相手の言うことを嚙みしめるように聞いて答えるようになってましたからね」

「ふうむ」

「それって、惚けたからかもしれませんよね」

卯右衛門は、ふつうは言いにくいことを、さらりと言った。

「柿右衛門は食のほうはどうだった？」

「よく食べてましたよ。そばなんか、かならず二枚とか三枚頼んでました。食べるのも早くてね。もっとも愛坂さまほどじゃないですけど」

「わしは、早食いも大食いもやめたぞ」

「そうなので」

「そうか、柿右衛門は大食いで痩せていたのか」

まさに、横沢慈庵が言っていた惚けやすい人間の典型ではないか。

七

——柿右衛門は、ほんとに殺されたのか？

桃太郎は、なんとなく解《げ》せない気がしてきた。

ちょっと惚けてきていたとしたら、わざわざ殴り殺したりしなくても、金など騙《だま》し取ることができそうである。

しかも、真っ昼間に騒ぎもなく殺されたのは不自然ではないか。

桃太郎は、柿右衛門の隠居家の前にやって来た。

瀟洒《しょうしゃ》な二階建てである。

戸口には、忌中《きちゅう》の簾《すだれ》がかかっていて、その前に、いつもは雨宮といっしょにいる中間の鎌一が立っているではないか。

鎌一は、桃太郎の顔を見ると、嬉しそうに頭を下げた。

「愛坂さま」

桃太郎は訊いた。

「遺体はまだここにあるのか？」

「いえ。すでに通二丁目の店のほうに移されました。年末年始のことなので葬儀《そうぎ》は行わないで、今日、仮のお通夜《つや》をし、後日、あらためて葬儀をやる予定だそうです。それで、あっしは訪ねて来る者がいないか、見張りをしてるんです」

「遺体はどこにあったのかな？」

桃太郎が訊くと、鎌一は簾を持ち上げ、

「そのあたりです」

と、指差した。そこは、台所の板の間である。

「変なところに倒れていたもんだな」

「そうでしょうか？」

「賊が来たとして、こんなところで殴るというのは、どういうことだ？　例えば、金のありかを白状させようとしたら、二階に連れて行くなりするわな。大金はたいがい、二階に隠すだろう」

「なるほど」

「凶器は見つかったのか？」

「雨宮さまは、たぶん、その漬け物石だろうと」

小さな樽《たる》があり、握りこぶし二つ分ほどの石が載っている。それなら、女の力でも持ち上げて、打ち下ろせそうである。

「血がついてたりしたのか？」

「いや。死体のほうの頭も、出血はなかったですから」

「ふうむ」

と、そこへ、

「にゃあ」

後ろで猫が鳴いた。

「あ」

あの猫が来た。改めてよく見ると、なるほど虎縞に真っ黒い尻尾は面白い。あまりいないかもしれない。

猫は、一度、簾の下からなかへ入った。だが、一階を一回りして、二階のようすも窺《うかが》うようにはしたが、上がっては行かず、外に出て来た。

ゆっくり路地を出て行く。

「じゃあな」

桃太郎は鎌一にそう言って、猫の後をつけることにした。

だが、猫の後をつけるのは容易ではない。

垣根をくぐったりする。

急いで反対側に回った。

出て来て少し行くと、猫はまた垣根に入った。

ここは料亭の庭になっているはずで、ざっと三百坪ほどはある。どこに出て来るのか、見当をつけにくい。

桃太郎はしゃがみ込んで、猫がくぐった穴を見た。

――なんとかくぐれるか？

試そうとして四つん這《ば》いになると、

「どうなさったので？」

心配そうに五十がらみの女が声をかけてきた。通りがかりの武家の女房らしい。

「あ、いや。ちと、持病の癪《しゃく》が」

「まあ、医者を呼びますか？」

「いや、大丈夫」

「癪に効くいい薬があります。いま、取ってまいりましょう。うちはすぐそこですので」

武家の女房は駆け出そうとした。

「あ、治った」

桃太郎は慌てて言った。

「え？」

「わしの癪は、他人に親切な言葉をかけられると、すぐに治るんだよ。そんなことより、猫は？」

「あの猫のこと？」

武家の女房は、十間ほど右手を指差した。

いったんなかに入り、別のところから垣根の外に出て来たのだ。

「あ、そうだ」

「どうも、心配かけたな」

武家の女房が怪訝《けげん》そうな顔をしているのを後目《しりめ》に、桃太郎は追跡をつづける。

魚屋の前に来た。

近づかず、遠巻きにぐるりと回った。魚屋のおやじも、猫をじいっと見ている。なんだか、息詰まるような気配である。

猫は、隙を見つけられなかったらしく、魚屋から離れた。

柿右衛門の家からだと二町ほど離れた。

ここらは南八丁堀である。

小さな一軒家の前に来て、戸口の前にちょこんと座ると、

「にゃあ」

猫は、いま帰ったよというように鳴いた。

「あら、お虎《とら》、お腹は空いてないのかい？」

なかから声がした。若い女の声ではなかった。

八

桃太郎は、そっと猫に近づき、

「よお。この家はお前の何なんだ？」

訊きながら、しゃがみ込み、喉《のど》をくすぐった。

猫は嫌がらず、桃太郎のするようにさせている。

まもなく戸が開いた。

「あら」

と言ったのは、五十くらいの女である。かつては美人だったのだろうが、いまは生憎《あいにく》と三層ほど肉をつけ過ぎている。

「可愛い猫だな」

と、桃太郎は言った。

「旦那も猫好きですか？」

女は嬉しそうに訊いた。

「生き物はだいたい好きだけど、猫の可愛さは格別だよな」

「そうなんですよね」

「しかも、この猫にはなんか独特の魅力を感じるな」

「まあ」

と、顔を輝かせ、

「わかる人にはわかるんですね」

「ちょっとワルっぽくないか？」

「悪いですよ、この子は」

「やはりな」

「あたしも、若いときからずうっと猫を飼っていて、猫のおはまとか呼ばれたりしてたんですが、この子がいちばんのワルですよ」

都合よく名乗ってくれた。

「おはまさんか」

「あ、そうなんです。それで、飲み屋やってたときも、〈猫とおはま〉なんて名前にしてたんですよ」

「そりゃあ、ずいぶん洒落《しゃれ》た名前だな」

「そう言っていただくと嬉しい」

女は話し好きらしく、桃太郎との会話を切り上げる気配はない。

「いまは、やってないのかい？」

「ええ。店賃《たなちん》とか持ってくれてた旦那と別れちまったんでね」

「ほう。それは惜しいことしたな」

なんとなく柿右衛門の存在が脳裏に浮かんだ。

「いいえ、旦那はちょっと頭がぼんやりしてきてたから、ちょうどよかったくらいですよ」

「そうか」

まず柿右衛門に間違いない。とすると、この女は柿右衛門の元妾《めかけ》なのだろう。

ちらりと家のなかを見た。

旦那と切れたわりには裕福そうである。

「でも、あたしと別れるのはいいが、このお虎とは別れたくないって、一時期、持って行かれてたんですよ」

猫の名はお虎。

「一時期？」

向こうで飼われていたんじゃないのか。

「いまは行ったり来たりですかね」

「二股膏薬《ふたまたごうやく》か」

「悪い猫なんですよ」

そういうわりには、愛《いと》おしそうにお虎を見た。

柿右衛門もそれを知っていた。そして、それでも可愛かった。

だから、悪い猫ほど可愛かった。

「そういう意味か」

と、桃太郎は言った。

「え？」

「いや、なんでもない」

おはまは柿右衛門が年末に死んだことも知らないみたいである。もちろん、殺しの下手人にも見えない。

「にゃあ」

お虎が鳴いて、おはまを見た。

「なに、小腹が空いたの？　いま、持ってきてあげるわよ」

おはまはそう言って、なかに入ろうとしたが、

「ちょっと待ってください。いま、面白い芸をお目にかけますから」

「面白い芸？」

「なかなか見られませんよ」

と、おはまは家に入った。

桃太郎は家のなかに目をやった。

――ん？

気になるものが目に入った。

「これをね」

と、おはまはすぐにもどって来た。

大きな煮干しを持っていて、

「こうやるんです」

と、頭にそれを載せた。

すると、お虎は凄い勢いで、着物から胸元、そして肩へと這い上がり、頭に載ってその煮干しを咥《くわ》え、肩からだだっと駆け下りた。

「凄いな」

桃太郎は、半分呆《あき》れて言った。

「前の旦那が仕込んだんですよ。面白がって、しょっちゅうやらせるんです」

「ははあ」

「重いから、ふらつくんですよ」

「だろうな」

もしかしたら、あの家でもそれをやらせ、はずみで転び、頭を打ったのではないか。だとしたら、殺しでもなんでもなく、じつは事故だったのだ。

もう一度、あの家に行き、確かめたくなった。

「じゃあ、すっかりお邪魔した」

桃太郎は頭を下げた。

「あら、お茶でも淹《い》れましたのに」

おはまは、とぐろを巻くような笑みを見せた。

「だって、家族いるんだろう？」

家のなかに向けて顎《あご》をしゃくった。

「いませんよ、そんなもの」

「子どもも？」

「ええ。妾暮らしのせいで、子どももできず、寂しい身の上ですよ。ま、ちょっとした旦那気どりの男くらいはいますけどね」

「やっぱり、いたか。残念だなあ。あっはっは」

桃太郎はそう言って、おはまの家を後にした。

後ろからお虎がついて来る。今度は、桃太郎がお虎に後をつけられるらしい。

# 九

一刻（二時間）ほどして――。

「事故ですって」

雨宮五十郎が目を丸くして言った。鎌一に呼んで来てもらったのだ。

柿右衛門の家の前である。

「ああ。転んだんだよ。その拍子《ひようし》に、水甕《みずがめ》の縁《ふち》で頭を打ったんだ」

「家のなかで？」

「まあ、なかに入ろう」

と、桃太郎は雨宮を家のなかに入れ、

「ほら。その台所と、上の四畳半の境が、ちょっと段になっているだろうよ」

「こんなところで？」

「頭に重いものを載せたら、そういうこともあるさ」

「なんだって、頭に重いものなんか載せるんです」

「まあ、見せてやるよ」

と、奥の部屋の戸を開けた。そこに、お虎を閉じ込めておいたのだ。

「にゃあ」

お虎は怒ったように鳴いた。

「お虎、お前の芸を見せてくれたら、解放してやるよ」

桃太郎は、台所の棚から煮干しをつまみ、頭の上に載せた。

すると、お虎は桃太郎の着物に爪を立てながら肩から頭の上に載り、煮干しを咥えて着地した。目まぐるしいくらいのすばやさである。

「なんと」

「柿右衛門がこの猫に教え込んだ芸なんだ。わしでもふらつくくらいだから、柿右衛門がそこで足を踏み外しても不思議はないだろうが。それで、この水甕にごつん。さらに倒れて、ここに転がった」

桃太郎は横になって見せた。

そこは、柿右衛門が倒れていた場所である。

「煮干しなんか、なかったですよ」

と、雨宮は言った。

「それは猫が食べたのだろうが」

「ううん。それだと、想像だけですよね。証拠がなあ……」

雨宮が不服そうにすると、中間の鎌一が、

「そういえば、柿右衛門の髷《まげ》に」

「あったのか？」

「煮干しのカスのようなものがありました」

思い出したようにそう言うと、

「いまごろ言うなよ」

と、雨宮がむくれた。

「これで、柿右衛門の件は解決だな」

桃太郎は、雨宮の肩を叩いた。

「なんだか、無駄飯を食った気分というか、うまい飯が腐ってた気分というか」

雨宮はがっくりと肩を落とした。

だが、桃太郎は笑って言った。

「まあ、そう言うな。もう一件あるのだ」

「もう一件ですか？」

桃太郎と雨宮たちは、柿右衛門の家から二町ほど離れたおはまの家の前にやって来た。

「なんですか、ここは？」

雨宮が訊いた。

「ここにな。柿右衛門の妾だった女が住んでいる。名前は、おはまというんだ」

「へえ。でも、それは知りませんでした。あいつの女関係は、けっこう調べたんですがね」

雨宮がそう言って、いっしょに来ている鎌一を見ると、鎌一も大きくうなずいた。

「調べたのは若い女ばかりだろうが」

「それはそうでしょう」

「おはまはもう、五十くらいだからな」

「じゃあ、だいぶ前の妾ですね」

「でも、ずっと店を出させてたくらいだぞ」

「へえ」

「しかも、さっきの猫はもともとこのおはまが飼っていたのを、柿右衛門も可愛がり、自分のところに連れて行ったりした。それで、あの猫は二股をかけることになった」

「じゃあ、悪い猫というのは？」

「ほんとの猫だったんだよ」

「そうだったんですか」

と、雨宮はここでも肩を落とし、

「でも、柿右衛門は事故だったんですから、元妾のことはどうでもいいでしょうが」

不満たらたらである。

「そうだよな。ところが、偶然というのは恐ろしいぞ」

「なにがです？」

「あんた、柿右衛門の一件の前、ほかの件に関わっていたよな」

「ああ、深川のかどわかしですか。でも、あれは、深川ですし、人手が足りないというので、ちょっと手伝ってただけでしてね」

「その下手人がここにいる」

と、桃太郎はおはまの家を指差した。

「えっ」

「おそらく深川から、いったんこの家に連れて来るんだ」

「子どもがいたんですか？」

「わしは見ていない」

「だったら、どうして？」

「子どもの着物があるのを見たんだ。ぼろぼろの擦り切れた着物と、真新しいきれいな着物が数枚ずつあった。ぼろのほうは着ていたやつで、いい着物に着替えさせたうえで、買い手の家に連れて行くのだろう。ほかにも、子どもの機嫌を取り結ぶための玩具《おもちゃ》などもあったよ」

それは、さっきおはまが煮干しを取りに行った隙に、確かめたものだった。

「ちょっと待て。いちおう、近所の者にも訊いてみよう」

と、桃太郎は向かいにある総菜屋の婆《ばあ》さんに声をかけた。

「そこの家なんだが、近ごろ子どもの出入りはなかったか？」

「ああ、来てましたね。なんでも、孫を預かるらしいですよ」

「孫をな」

「でも、すぐにいなくなってましたけどね。ほんとに孫だったのかねえ」

婆さんは首をかしげた。

「なるほど。こりゃあ、間違いないですね」

と、雨宮も確信したらしい。

桃太郎は、雨宮の肩を押して言った。

「雨宮さん。うまく問い詰めるんだよ」

十

おはまは、思ったよりかんたんに白状した。

自分が考えたのではなく、出入りしていた若い男に頼まれてやったことで、いずればれるだろうという予感もあったらしい。

また、ここに目をつけられたきっかけが、元の旦那である柿右衛門の急死だったのも、

「なにかの悪縁みたいなものかね」

と、観念を促《うなが》す役割を果たしたらしい。

おはまは後ろ手に縄をかけられてから、

「でもね、旦那。あたしはそんなに悪いことをしてるつもりはありませんよ」

と、雨宮に言った。

「人さらいが悪いことじゃないってえのか？」

「人さらいと言っても、貧乏で、ちゃんとおまんまも食わせてもらえなくて、痩せ細った子どもばかり狙ってるんですよ。ろくに可愛がられてないような子どもばかりです。それを、子どもが欲しくてたまらないのに、どうしてもできない、そこで育てられたらほんとに大事にしてくれるってところに売ってるんです。それが悪いことですかね」

居直った口調だった。

「ふうむ」

雨宮は一瞬、感心したような顔になったので、桃太郎は、

——この馬鹿。

と、胸のうちで罵《ののし》った。

だが、次に雨宮はこうも言った。

「確かにいいことかもしれねえ。だが、人間にはな、やっちゃいけねえいいことってのもあるんだよ。ま、せいぜい情状酌量がいただけるよう、そこらは吟味方《ぎんみかた》

のほうによおく言っといてやるけどな」

桃太郎は、こっちの台詞《せりふ》には感心した。

だが、もうひとつ気がかりがあった。

「それはそうと、あんたがいなくなったら、お虎が可哀そうだな。柿右衛門にあんたと、二人いっしょに飼い主を失うんだ」

と、桃太郎はおはまに向かって言った。

するとおはまは、嬉しそうな顔になって、こう言ったのだった。

「それは大丈夫です、旦那。お虎ってのは、ほんと悪い猫でね。二股じゃなく、三股かけてたんですよ。もう一軒あるんです。だから、そっちで面倒見てくれるはずですよ」

# 第二章　ボロの嫁入り

## 一

桃太郎は、正月からずっと、どうにも気が晴れない。なにか手持ち無沙汰というか、指がぜんぶ消えて手のひらだけになったみたいな感じである。理由はわかっている。桃子と遊んでいないからである。あの、この世のあらゆる生きもののなかで、いちばん可愛い桃子と。わしの桃子と。

遊べないならせめて声くらい聞こうと、珠子の家の前を行ったり来たりして、なかの声に耳を澄ましたりした。ほとんど、十五のときの初恋の気分である。

表の通りに出て、孫の手を引いている年寄りを見かけたりすると、羨《うらや》ましくてたまらなくなる。

「あんた、それができるのがどんなに幸せなことか、わかっているのか」

と、言ってやりたい。言えばきっと、惚けてあぶない世界に入ってしまった爺さんと思われるだけだろうが。

こうなると、習いごとでも復活させようかと思ったりする。

去年のいまごろは、お経、端唄《はうた》、手妻《てづま》（手品）、人相見、天文学、盆栽、魚料理、薩摩《さつま》弁、牛飼い、あくびと、十の習いごとを始め、師匠たちの元に通っていたものである。

いま、つづいているのは牛を飼うことぐらいで、あとはやめてしまった。

だが、手妻はいまも気づかないうちに指を動かしたりしている。あれは、秘剣〈枯れ葉の剣〉にも応用しているし、性が合う気がする。

師匠もできないような、いきなり自分の腕を外してみせたり、家一軒丸ごと消したりする大がかりな手妻でも考案してみようか……。

そんなことを考えながら、海賊橋の上に立っていたら、そば屋から大家の卯右衛門が出て来て、

「愛坂さま。年末年始と、ずっと桃子ちゃんと遊んでいないのでは？」

と、訊かれた。

哀しみをずばり指摘した易者《えきしや》を見るように、少し憎々しげに卯右衛門を見て、

「わかったかい？」

「そりゃあ、わかりますよ。あれだけのべついっしょにいたのが、ぴたっとお見かけしないんですから」

「それには深いわけがある」

「でしょうね」

「うむ。あんたなら話してもいいか」

「ええ。他言はいたしません」

「じつは、わしは狙われているみたいでな」

「誰に？」

「生きる刃物みたいな、あぶないやくざに」

「生きる刃物……」

卯右衛門は怯えた顔で、周囲を見回した。

「だが、綽名《あだな》は可愛らしいのだ」

「なんというので？」

「仔犬の音吉」

「仔犬の……ぷっ」

と、今度は噴いた。

「だが、それは偽装でな。本当は、よだれ犬の音吉」

「よだれ犬……」

卯右衛門はまた怯えた顔になって、足元を見た。

「というのは嘘で、仔犬の音吉でいいのだが、字が違う」

「なんだか、よくわかりませんな」

「とにかく、あぶないやつに狙われているのは本当だ」

「まずいですね」

「だから、わしといっしょにいたら、桃子まで危険に巻き込むかもしれぬではないか。あんないたいけな赤ん坊までもだぞ」

「そういうことですか。いや、それでしたら、あたしにもできることがあれば、なんでもおっしゃってください」

「そうか。では、あんたのところからだと長屋の入り口も見えるから、怪しいやつがいたら、ぜひ報《しら》せてくれ。なんなら、大騒ぎしてくれてもかまわぬ。二度とあそこには近づくまいと思うくらいにな」

「わかりました。でも、桃子ちゃんと遊べないとなると、愛坂さまも暇で仕方がないでしょう？」

と、卯右衛門は、新そばのできを訊《たず》ねるみたいな顔をした。

「まあな。夜はその、わしを狙うやつを誘い出すのに、ここらをうろうろしたりするのだが、昼間はこのように退屈している。なにか退屈しのぎになるような、面白いことは起きてないかな」

「起きてますとも」

と、卯右衛門は大きくうなずき、

「じつは、あたしの店子《たなこ》、というより友だちみたいなもんですが、向こうの長屋に勘吉《かんきち》という男がいましてね、今度、娘を嫁に出すことになったんです」

「それはめでたいではないか」

めでたい話は別に欲していない。

「ところがですよ、輿入《こしい》れのときは、白無垢《しろむく》ではなく、ボロボロの着物で来てくれと言われたそうなんです」

「ボロボロの着物で？」

「一世一代の晴れ姿を見たかったのに、ボロボロの着物なんてと、勘吉もがっかりしてましてね」

「女中に取るわけじゃないのだろう？」

嫁取りにかこつけて、実質は女中にしているところも、じつはけっこうあったりするのだ。

「違います。れっきとした嫁です」

「だったら、着物など、どうでもいいだろうが」

と、桃太郎は言った。

だいたい、祝言《しゅうげん》のときにやたらと着飾ることなどくだらないと思っている。

「いや、それは愛坂さまのように、何不自由なく暮らしてきて、ある意味、達観なされた方ならそうでしょうが、わたしら庶民というのは、そういうところに誇りだの生き甲斐を感じるものなんですよ」

「そういうものかね」

桃太郎も、自説を押し付けるつもりはない。

「それで、わけを訊いても、わけは訊かないでくれと言われたそうで」

「ふうむ」

「いっそ、この話はなかったことにしてもらおうかと、勘吉も悩んでまして。あたしもなんとかしてやりたいんです。もちろん、いつもの額のお礼もします。それに、勘吉ってのは腕のいい武具の修理職人でしてね。桃子ちゃんを守るのに役立つ武器をつくったりできるかもしれませんよ」

「そういうこともあるか」

　桃太郎は、痛いところを突かれた。

二

　卯右衛門といっしょに、その勘吉の家にやって来た。

　坂本町でも二丁目のほうで、

「あんた、こんなところにも家作《かさく》を持ってるのか？」

　と、嫌味たらしく言った。

「いや、まあ」

　見かけはただのそば屋のくせに、坂本町のあちこちに貸し長屋を持っている、けっこうな金持ちなのだ。ただ、金持ちによくあるケチではない。そこは、卯右衛門のいいところで、だから桃太郎も親しくしているのだ。

「いや、まあ」

「そば屋ってのはそんなに儲《もう》かる商売かね？　あんた、裏で金貸しかなんかやってるんじゃないだろうな」

「また、愛坂さまはそういうことをおっしゃる。うちは代々、この地にいるもので、五、六代のうちに、少しずつ増えただけですから」

大きなイチョウの木のわきの路地を入って、

「ここです」

「ほう」

長屋といっても、三軒つづきの一棟だけで、二階もついたこぎれいな長屋である。桃太郎のところと、よく似た造りになっている。

「勘吉《かんき》っつぁん」

卯右衛門は、声をかけながら、腰高障子《こしだかしょうじ》を開けた。

「おう、おめえか」

勘吉は火鉢の横であぐらをかいて、刀の鞘《さや》になにかしているところだった。その後ろには、若い弟子が二人と、もっと向こうには年ごろの娘が二人、台所仕事をしているらしかった。

「じつは、凄い人をお連れした。ほら、謎解き天狗みたいな方って、話したことがあっただろう」

と、卯右衛門は切り出した。

「ああ、あの方ですかい」

勘吉は桃太郎に頭を下げた。

「例の件、話してみたんだよ。そしたら、力になっていただけるとさ」

「いやあ、あっしもわけがわからなくて」

と、勘吉は手にしていた刀の鞘で、頭をこつこつ叩いた。

「嫁入り先は、武具屋の〈金剛堂《こんごうどう》〉だそうだな？」

それは、来る途中、卯右衛門から聞いた。通三丁目にある大きな武具屋で、勘吉はここから頼まれて武具の修理をしているらしい。

「そうなんです」

「最初から言われていたわけではないよな？」

「もちろんです。嫁入り道具などは要らないとは言われてましたが、まさかボロの着物で来いなんて……。五日前に急に言ってきたんです」

「貧しい家から嫁をもらうというふうにしたいのかのう」

と、桃太郎は首をひねった。

「うちは贅沢はしてませんが、けっして貧しくはねえ。このとおり、弟子二人も使い、女房は二年前に亡くなりましたが、二人の娘もちゃんと食わせている。その娘の嫁入りに、ボロボロの着物を着せて出すほど落ちぶれちゃいませんよ」

と、勘吉は怒った。

すると、奥から娘の片方が出て来て、

「おとっつぁん」

と、なだめるように横に座った。こっちが嫁に行くほうだろう。

「そう言ってきたのは、向こうの舅《しゅうと》かい？　それとも若旦那自身かい？」

「若旦那ですよ」

勘吉が答えた。

「この嫁入り話を進めたのは？」

「それは旦那のほうです。旦那が先にこの娘を見初《みそ》めて、倅に会わせて意向を訊いたら、あの娘ならぜひ嫁にと」

勘吉がそう言うと、娘は恥ずかしそうにうつむいた。

「じゃあ、舅になる旦那は、この家のこともよく知ってるわけだ」

「もちろんです。あっしはもともと別の武具屋の仕事をしてたんですが、十年ほど前、金剛堂の旦那からぜひにと頼まれて、やるようになったんですから」

「ううむ、どういうんだろうな」

と、横に座った娘を見て、

「名は？」

「利江《りえ》といいます」

目立つ器量ではないが、利発で、穏やかそうな娘である。見初めた旦那も、見る目はあったはずである。

「利江さんは、お嫁に行く側の気持ちとしてはどうだい？　そんな、ボロボロの着物を着て来いなんて」

「あたしは、着物なんてどんなものでもいいんです。もしかしたら、いつもボロを着るつもりで来いと諭《さと》されたのかと思ったのです」

「なるほど」

「でも、若旦那の顔を見たら、なんか怯えている感じがあったので」

「怯えている……」

「若旦那はがっちりした体格で、武具屋ということもあって、若いときから剣術はもちろん、槍とか弓矢とかも学んできて、弱々しい人ではないので、そのあたりもおかしいなと思います」

「よくわかった」

桃太郎がうなずくと、

「もう、わかりましたか？」

卯右衛門が訊いた。

「そんなに早くわかるか。ちと、周囲からも探ってみるが、嫁入りはいつだい？」

「明日なんです」

「明日か。それではとりあえずボロを着て入ってもらうことになるかもしれぬな」

「はあ」

桃太郎がそう言うと、
勘吉が、ため息をつきながら肩を落とした。

いったん長屋に帰ると、路地のところに雨宮五十郎がいた。

——長屋でなにかあったのか？

ドキリとして、

「どうかしたのか？」

「あ、いえ。なあに、ちょっと」

牛が草を反芻《はんすう》しているみたいにのんびりした返事で、それでなにごともないとわかってホッとする。

「なんだ。珠子の顔を見に来たのか？」

「そうじゃなく、愛坂さまのことで」

「わしのこと？」

雨宮に惚《ほ》れられる覚えはない。

「珠子姐さんが、こう言ってるんですよ。愛坂さまは、桃子のことばかり心配してくれているが、ご自分がいちばん危ないのだと。やくざも愛坂さまの洞察力を怖がっているから、なにがあるかわからない。愛坂さまのことも警戒してくれないかとね」

「そんなふうに言ったのか」

「襲われたりもしたんでしょ？」

「そうなのだが……」

「まあ、わたしの援護などはご無用でしょうが、いちおうそこの番屋に奉行所の中間を一人、常駐するよう手配しておきましたので」

「それはありがたい」

と、桃太郎は頭を下げた。御用提灯《ごようちょうちん》と六尺棒《ろくしゃくぼう》を持って立っているだけでも、やくざは近づきにくいだろう。ただ、やって来る物売りたちを、いちいち誰何《すいか》したりはしないはずである。まだまだ、完全に安心というわけにはいかない。

「いいえ。ふだんお世話になっている愛坂さまのことですので」

「じつは、あんたにはまだ詳しく話してなかったのだがな」

「はあ」

「わしは、狼の定殺しも、鎌倉河岸の佐兵衛殺しも、下手人は仔犬の音吉だと睨んでいるのさ」

桃太郎がそう言うと、雨宮はぴしゃりと手を叩き、

「愛坂さまもですか。いや、もしかしたらそうかなと、わたしも睨みました」

「あんたも睨んだかい？」

と、桃太郎は感心したように言った。

だが、いままでのなりゆきから、仔犬の音吉に目をつけなかったら、よほどの

抜《ぬ》け作《さく》といっていいだろう。

「ええ。でも、証拠はないですよね」

「そうなのさ。ただ、手口の見当はついた気がするのさ。じつはな……」

と、自らが音吉に襲われたこと、そして、夜に闇《やみ》の色をした濃い布をかぶって、敵に接近する手口について語った。

「仔犬の……濃い布……ははあ！」

「仔犬はそれをごまかすための後づけでな」

「それは凄い。よくも見破ったものです」

「なあに、襲われなかったら、わしだっていまだに気づかなかったよ」

そうなのだ。あの、動くまだらの闇の感触を目と肌で味わったからこそ、音吉の手口がわかったのだ。

「見かけたら報せるよう方々に手配もしているのですが、音吉は姿を見せていないようです。もしかしたら、すでに江戸を出たのかもしれませんよ」

と、雨宮は言った。

「江戸をな」

「やくざってのは、そこらは慣れてますのでね。渡世人《とせいにん》稼業ってやつで」

「ふうむ」

とてもそうは思えないのだ。

「ところで、東海屋の具合はどうだい？」

と、桃太郎は訊いた。

「ええ。命に別状はないみたいです」

「命にな」

「そのくせ、大げさに床についたっきりになって、できるだけ人とも会わないようにしています」

なにか、新たに策略でも練っているのだろうか。

「音吉にやられたみたいなことは言ってるのだろう？」

「断言はしていないのですが、かもしれないといったくらいに」

「だいたい音吉のしわざなら、しくじるはずはないと思うがな」

桃太郎は苦笑して言った。

「茶番ですか？」

「いろいろ思惑ありのな」

「思惑……」

なんせ東海屋は一筋縄ではいかない。

しばらくは警戒を解くわけにいきそうもないのだった。

# 三

卯右衛門のそば屋で、昼飯に〈キノコ二倍盛りそば〉を食べた。もちろん品書きにはない。桃太郎の特別注文である。いろいろ書物を見ると、どうもキノコというのは、かなり身体にいいらしいのだ。

しかも、いままでならほぼ二口で食べ終えるところも、キノコといっしょに、八口くらいにわけて、よく嚙んで食べた。ほとんど、深窓《しんそう》のお嬢さまか、牛の食事である。

「ううむ、やっぱりなあ」

そばは、ずずっと逆流する滝のようにすすり込むのがいいのだが、老化防止のためには仕方がない。

卯右衛門は食べるところを見たらしく、

「愛坂さま。お身体の具合でも悪いので？」

と、訊いてきた。

「そんなことはない。これからは、ちょっと上品に食べることにしたのだ」

そう言うと、ひどく怪訝そうな顔をした。

食べ終えて、金剛堂を見に行くことにした。

「あたしも」

と、卯右衛門がついて来たそうにしたが、

「武具屋で何を買うんだ？　包丁は売ってないぞ」

そう言ってやめさせた。

通三丁目で、間口も十数間ある。真上の屋号の看板のわきには、剣を持った金剛力士の木像も飾られている。

ここは、江戸の武士なら知らない者はいない大きな武具屋で、昔から繁盛《はんじよう》している。

桃太郎はほかに懇意にしている武具屋があるし、あまりに大き過ぎて、むしろ敬遠していた。だが、大きいなりの面白さはある。なにせ種類が多い。

なかに入り、店内を見回した。

客が七、八人いて、それぞれ手代が対応している。

土間にも手代が立ち、桃太郎を見ると、さっそくそばに来た。

いい体格をしている。

「あんたもなにかやってそうだな」

と、桃太郎は思わず言った。

「はい。剣術を少々。武具を売るのだから、当然、武術のことも知らなければならないと、あるじから言われておりまして」

「どこか、道場に通っているのかい？」

「そんな暇はないのですが、じつは店の裏手に道場がありまして」

「ほう」

「そこで、小僧のうちから旦那さまや先輩たちから稽古《けいこ》をつけられるのです」

「そりゃあ、たいしたものだ」

「今日はなにを？」

「まずは、ざっと見るだけにさせてくれ」

「かしこまりました」

と、手代は元いたところにもどった。

武具を眺めるふりをしながら、帳場にいる二人を見た。

老いたほうがあるじで、若いのが嫁をもらう若旦那だろう。

あるじは痩せて、目が鋭い。歯はやけに白く、犬歯《けんし》が見えて、それが鋭く尖っている。刀剣を思わせる顔である。

若旦那のほうは、目元や鼻のかたちはあるじにそっくりだが、体型はがっちりして、刀剣よりは鎧《よろい》を思わせる。それも、絢爛《けんらん》たる緋縅《ひおどし》の鎧などではなく、実用一点張りの南蛮《なんばん》鎧といったふうである。

それでも二人とも、いざ客と会話をするときは、ちゃんと愛想のいい商人の顔になる。

武士はなかなかああいう顔はできない。愛坂家の中間の松蔵あたりも、笑うとだらしなくなるだけで、あんなふうに芸を感じさせる笑みではない。

ああした笑みは、小判でも前に並べて稽古をしないと、できないのかもしれない。

若旦那のいるあたりに近づき、目が合ったので、棚のあたりを指差し、口をぱくぱくさせた。案の定、

「なにか？」

と、若旦那がやってきた。

「うん。なにか、変わった武器でもないかなと思ってな」

桃太郎は適当なことを言った。

会話のうちに、人柄を、さらには今度の件での手がかりみたいなものを探るつもりである。

「ははあ。では、このあたりをご覧になってみてください」

と、若旦那は土間に下りて来て、右奥の棚のところに案内した。

頑丈《がんじょう》そうな、天井まである棚がつくられ、そこに奇妙な武器が並べられている。桃太郎も、見たことはあるが、使ったことはない、唐土《もろこし》の三日月形の刀もある。確か、青龍刀《せいりゅうとう》と言ったはずである。不心得者が振り回すのを防ぐためだろう。柄《つか》のところに鎖がつけられ、棚の柱のところとつながれてある。

見たことのないような武器もある。

「それはなんだな?」

指差したのは、サンゴのようなかたちをした黒い棒である。

「ははあ、お目に留まりましたか」

と、若旦那はそれを取って、桃太郎に渡して寄越した。

これは、刃物のところはないので、わざわざ鎖でつないだりはしていない。

木の枝のようだが、そのままの枝ぶりではなく、くっつけてこのかたちにしたのだ。ところどころ金具で補強がなされていて、武器であることに間違いない。

桃太郎も初めて見る武器である。

「これは？」

と、桃太郎は訊いた。

「わたしも詳しくはわからないのですが、名もない剣客がつくった武器らしく、枝の刀と書いて〈枝刀《しとう》〉と呼んでいたようです」

「枝刀……」

じつに面白いではないか。

武士の武器より、捕物の道具にするとよさそうだが、うまく使えば、刀にも対抗できるかもしれない。

「わたしも、いろいろ試してみたのですが、じっさいに使えるかは別にしても、頭の鍛錬《たんれん》にはなった気がします」

と、若旦那は言った。

「なるほど、頭のな」

惚け防止にも役立つかもしれない。

「いや、お武家さまには必要ないでしょうが、遊び道具くらいには」

若旦那は、さりげなく客を持ち上げる。

「いかほどだい？」

「新たにつくる職人が見つからないので、少しお高くなりますが、一振り一朱になっています」

同じものがもう一つある。

「ふうむ。考えてみよう。いや、邪魔したな」

「いいえ。またのお越しを」

若旦那はそつなく頭を下げた。悪い人間にも見えなかった。

四

長屋にもどって来ると、路地の入口に蟹丸がいた。地味な着物に綿入れを羽織っている。お座敷帰りではない。

桃太郎と目が合うと、

「愛坂さま」

切羽詰《せっぱつ》まった表情で、にじり寄って来た。

——抱きつかれるのか。

と、桃太郎は焦り、

「なんだ、なんだ、どうしたんだ」

少しのけぞるようにした。

「お願い、いっしょに」

「心中は嫌だぞ」

「そんなんじゃなくて」

腕を取られ、珠子の家に引っ張り込まれた。

桃太郎を見て、奥のほうにいた桃子が、

「あふあふ」

と、嬉しさを露《あら》わにして駆け寄って来た。なんだか足元がしっかりして、そのまま外に買い物に行ってもおかしくない。そういえば、明けて二歳（数え歳）になったのである。

「おう、桃子。逢いたかったぞ」

桃太郎も思わず、桃子を抱き上げて頬ずりした。

年末年始から七日ぶりくらいの再会ではないか。

「お年玉もまだだったな」

「だまだま」

千両箱でもあげたいくらいの可愛さである。

珠子は三味線の手入れをしているところだったが、

「どうしたの、蟹丸？」

と、訊いた。

「珠子姐さん。あたし、もう芸者を辞めたんです」

蟹丸が、勢い込んで言った。

「辞めた？　辞めたいんじゃなく？」

「そう。置屋のおかみさんにもそう言って来た」

「ふうん。三味線の師匠をするの？　それとも踊り？」

「三味線も踊りもやらない」

「まあ」

そこへ、年増女二人が駆け込んで来た。片方は見たことがあるような気がするが、もう一人は知らない。

「あ、やっぱりここにいた。もう、あんなこと言って、いきなり飛び出しちゃうんだから、心配するじゃないの」

「珠ちゃん。聞いた、蟹丸の話？」

二人は、蟹丸の置屋のおかみと、珠子の置屋のおかみだった。

蟹丸が芸者を辞めると言い出したので大騒ぎになり、たぶんここにいると、駆けつけて来たらしかった。

「ええ、たったいま」

と、珠子はうなずいた。

「考え直して、蟹丸。あんたがいなくなったら、日本橋の花柳界《かりゅうかい》は、とんでもないことになってしまうのよ」

「そんなことない」

蟹丸は苦笑して言った。

「いいえ。誰に聞いたって、こういうはずよ。この五、六年の日本橋は、珠子姐さんの時代だった。それで、次の時代を担うのは、蟹丸、あんただって」

この言葉には珠子もうなずいた。

「いいえ、あたしは珠子姐さんみたいにはなれっこない。それはわかってるの。

珠子姐さんには、やくざの兄なんかいなかった。あたしは、あの兄にさんざん利用され、そのうち牢屋に入る羽目になるの」

「もう、東海屋のお座敷は入れないわよ」

「無理ね。兄はずるいから、自分は裏に隠れて、ほかの旦那のお座敷ってことで呼ぶの。そしたら、断わりようがないでしょう」

「それは……」

蟹丸の置屋のおかみが困ると、

「そういうときは、珠子をいっしょにつけるから」

珠子の置屋のおかみが言った。

「そんな馬鹿な。珠子姐さんだって迷惑ですよ」

蟹丸が泣きそうになってそう言うと、

「あたしもできるだけのことはするわよ」

と、珠子は言った。

「もう、おかみさんたちにはわかんないの」

蟹丸はそう言って、泣きながら突っ伏した。

桃子がそっとそばに行き、蟹丸の背中を撫でてやる。わけもわからないくせに、いかにも優しげなふるまいに、桃太郎は胸が熱くなった。

おかみたちも、もはや言葉を失い、水甕から水を汲《く》んで、ごくごく飲んだりするばかりである。

「とにかく、いまはあんまり追い詰めないほうがいいですよ。ちょっと落ち着くまで待ってあげて」

珠子がおかみ二人をなだめた。

「そうね。わかった。お願いだから、よく考えてね」

ひとまず帰ることになった。

桃太郎もこういう騒ぎにはなにも口を出すことはできない。黙って、部屋の隅にいるだけだった。

おかみが帰ったのがわかったらしく、蟹丸が顔を上げた。泣きじゃくった目が腫《は》れぼったくなっている。

「ふう」

蟹丸はため息をついた。

「ねえ、蟹丸。あんた、芸者やめて、三味線も踊りもやらず、どうするつもりなの？」

珠子は訊いた。

「料理、覚える」

「料理屋にでも勤めるの？」

「ううん。それで、お妾になる」

「お妾ねえ」

珠子は苦笑したが、

「そんな馬鹿な」

と、桃太郎は怒ったように言った。

「愛坂さま、誰かいませんか？」

「知らんな」

桃太郎はそっぽを向いた。

「だったら、愛坂さまの」

「おいおい」

「本気です」

蟹丸がにじり寄ってくる。

するとそこへ、よちよちと歩いて、桃子が割って入った。

「ああ、もう。桃子が邪魔するのか」

蟹丸が不貞腐《ふてくさ》れ、珠子が手を叩いて笑った。

桃太郎は、そんなふうにふてた蟹丸が可愛いと思ってしまう。これは女として可愛いのか、孫のように可愛いのか、桃太郎も自分の気持ちがよくわからない。

「とにかく、落ち着いて考えることね」

珠子はそう言って、お茶のしたくを始めたのだった。

五

翌日──。

朝から気持ちよく晴れ上がり、嫁入りにも恰好の日となった。桃太郎などは、うっかりすると自分が婿《むこ》になるような、爽《さわ》やかな気分になってしまう。

祝言は夜からだが、桃太郎はなにか手がかりはないかと、しばしば金剛堂を見に行った。

「あたしも気になって」

と、卯右衛門もいっしょである。何度も断わるのは可哀そうになって、桃太郎も許してしまった。

ついに、ボロの着物で嫁入りするのは、防げなかった。だが、ぎりぎりまでなんとかしたい。

金剛堂はいつものように開いている。客である武士が始終出入りして、とくに変わったこともなさそうである。

「ううむ。わからんな」

桃太郎はため息をついた。

「愛坂さまなら、そこをなんとか」

「無茶を言うな」

さすがに店は早めに閉まった。手代たちは互いに囁《ささや》きかわしたりして、なにか微妙な感じはする。

祝言の刻限より一刻（二時間）ほど前になって——。

予想もしないことが起きた。

白無垢の女がやって来ると、店のなかへと入ったのである。付き添いなのか、武家の中間らしき男が一人、いっしょだった。

「あれは利江さんでした？」

「違う。どういうことだ？」

桃太郎も目を瞠《みは》った。

「金剛堂に裏切られたのでしょうか？」

「いや、やはりなにかの事情があるのだろう」

それにしても、いまの女……。

顔はどことなく蟹丸にも似て愛くるしかったが、やけに身体が大きく、しかも身のこなしもきびきびしていた。

「ふうむ」

そこらに秘密がありそうである。

それからさらに一刻ほどして――。

ボロを着た利江が入った。こちらは予定通りの刻限である。

付き添いはいない。だが、父親の勘吉が隠れるようについて来て、離れたところにいる桃太郎と卯右衛門を見つけると、

「心配でたまりません」

と、泣きそうな顔で寄って来た。

「それはそうだよな」

卯右衛門がうなずいた。

「あんた、あの店の手代などに知り合いはいるんだろう？」

と、桃太郎は訊いた。

「もちろんです。番頭さんから手代まで、たいがいの人は知ってます」

「だったら、頼んで、そっと入れてもらおう」

「わかりました」

店の横に回ると、格子窓があり、なかを見ると、老いた番頭が落ち着きなく、帳場のあたりを行ったり来たりしていた。

「番頭さん」

窓から勘吉が呼んだ。

「あ、勘吉さん」

番頭が近づいて来た。六十くらいの、人の良さそうな男である。

「うちの利江は？」

「うん。裏手の道場に行ったよ」

「道場？　どういうことだい？」

勘吉は訊いた。

「あたしは言えないんだよ」

「だったら、そっと入れておくれよ。なにも騒いだりしない。そっとのぞくだけだ。あたしは親だよ。番頭さんだって、気持ちはわかるだろう」

「もちろんだ。じゃあ、見つからないようにしておくれよ」

番頭はそう言って、横の潜《くぐ》り戸《ど》を開けてくれた。

勘吉といっしょに桃太郎と卯右衛門も入った。

「三人もいるのかい？」

番頭は不満そうに言った。

「わしらは介添え人だからな」

桃太郎はしらばくれて言った。

「利江は向こうの道場だね？」

勘吉は店の裏手を指差した。

「ああ。横のほうから回っておくれ」

店の奥に行くと、廊下のわきに土間がつづいている。そこは台所も兼ねているらしく、京などによくあるつくりである。

その土間を進むと庭に出た。右手は蔵で、庭は五十坪ほどあり、椿《つばき》やクスノキなど常緑樹が茂っている。

その庭づたいに行くと、道場の横に出た。

「きぇえい」

耳をつんざくような女の掛け声がした。

どーん。

と、道場の壁が揺れ、

「まいった！」

男の、悲鳴のような声がした。

桃太郎たちは、窓からそっと、なかを覗いた。

道場の真ん中で、袴《はかま》にたすき掛けの女が仁王立ちしている。

「愛坂さま。あの娘は？」

「ああ。さっき白無垢の着物で店に入った娘に違いないな」

手前に仰向けにひっくり返った男がいて、その男を利江が介抱していた。

「ははあ。なんとなく、わかってきた」

と、桃太郎は言った。

# 六

番頭が桃太郎たちの後ろに来ていた。

「わたしにも、のぞかせてくださいな」

と、窓から目を出すと、

「ははあ。やっぱりねえ」

がっかりしたように言った。

「わけを訊かせてくれ」

桃太郎は言った。

「いやあ、ちょっと。わたしの口からは……」

そのあとは、口をもごもごさせた。根はおしゃべりで、言いたい気持ちも多分にあるのだ。こういう男の口を割らせるのは、昔から桃太郎の得意とするところだった。

「嫁を押しつけられたのだな？」

桃太郎は訊いた。

「いや、まあ」

「あれは、大名家の腰元《こしもと》あたりか？」

「…………」

答えないということはそうなのだ。

「名は？」

それくらいは言ってもよさそうである。

「喜美香《きみか》さまと」

「さま？」

だとしたら、向こうの娘なのか。

「いや、腰元だから、さまは要りませんな」

やはり腰元だった。

「お得意さまで断わり切れずか？」

「よく、おわかりで」

と、番頭は目を瞠った。

「どこの藩だ？」

「それはちょっと」

そこはしつこく訊いても、いまは言わないだろう。

喜美香の動きに目をやりながら、

「強いな」

と、桃太郎は言った。また一人、竹刀《しない》を合わせた瞬間に、足払いで飛ばされた。昨日、桃太郎に声をかけてきた手代である。あれだけの体格の男をまったく問題にしていない。

「武芸百般《ぶげいひゃっぱん》だそうです」

「ほう」

「藩邸でもいちばんお強いとか」

「そうかもしれぬな」

「だが、器量は愛らしいでしょう」

「確かに」

「お殿さまも、最初は面白がって手を出されたのでしょうが、それで思う存分、藩士たちに稽古を強要するようになられたとか」

「ははあ」

「武芸に身を入れずして、なにが武士かと。たしかに、真っ当な言い分ですから、藩士も逆らいようがありません」

「殿は？」

「お困りになられ、なんとか嫁に出したいと思われたのでしょうな」

「それが難しいのか？」

適当な藩士に押しつければいい。大名の周辺では、珍しくもない話ではないか。桃太郎は、はらんだ腰元に猫三匹までいっしょに押しつけられたという話も聞いたことがある。

「もともと国許から来た水飲み百姓《びやくしよう》の娘で、藩士に押しつけるのは、殿もしにくかったようです」

「それで、出入りの商人にかい」

桃太郎も呆れた。

「ところが、喜美香にも言い分がありまして」

「言い分？」

「金剛堂は、店の者が皆、腕自慢と聞いた。だが、わたしより弱い者ばかりでは嫁になど行きたくないと」

「ははあ」

「お殿さまからは、なんとか喜美香の鼻っ柱を砕いてくれと」

「藩士でも勝てぬのにな」

「しかも、当家ではすでに勘吉さんの娘と約束がありました」

番頭は、勘吉を見て言った。

「そうだな」

「それで、おそらく誰も勝てないのだったら、喜美香は藩邸にもどるはず。多少の怪我は覚悟して、存分に負けようと」

「だが、あれはわざと負けているのではないな」

「そうですか。それで勘吉さんの娘御は……」

「女中みたいな恰好でなかに入れ、負けた連中の介抱をさせようとしたわけか」

「そうなのです。世話になっている藩のことだから、勘吉さんに話すわけにもいかなかったのです」

番頭がすまなそうにそう言うと、

「そういうことだったのかい」

と、勘吉もかなり納得したようだった。

「あとは、旦那や若旦那がたいした怪我もなく終わってくれればいいのですが」

番頭はそう言った。

ところが、そこから雲行きがおかしくなったのである。

喜美香は苛立《いらだ》ったように道場の男たちを見回し、

「ええい。どいつもこいつも弱過ぎる。どこが腕自慢だ。ははあ。負ければ、わたしが愛想をつかして藩邸に帰るという魂胆《こんたん》だな。では、逆にしよう」

「え」

若旦那が唖然《あぜん》とした。

「わたしに勝てば、この家に嫁に入るのは諦《あきら》める。だが、誰も勝てないなら、嫁に入って、毎日、稽古をつけてあげる」

喜美香は昂然《こうぜん》と宣言した。

「そんな」

若旦那は両脇を見た。

もう、残りは自分を入れて三人だけ。しかも、一人は老いが見えてきた父親である。

喜美香より三寸ほど上背がある手代が立ち上がった。鉢巻《はちまき》をきつく締め、目はらんらんと輝いている。

「なんとか、打ちのめしてくれ」

若旦那の声にうなずき、喜美香と向かい合った。

その瞬間、喜美香が電光のように斜めに走ると、

「きぇいーい」

手代の肩を打ち、

「うわっ」

動きを止めた手代の後ろから、なんとその背中に両足で蹴りを入れた。

手代は這いつくばるように倒れ、

「ま、参った」

転げ回りながら降参した。

利江が濡れ手ぬぐいを持って駆け寄った。

「次！」

一瞬、間を置き、

「婿どの」

あざけるように言った。

若旦那が立ち上がり、対峙《たいじ》した。

「若旦那が本気を出してくれたら」

と、窓から見守りながら番頭が期待を込めた声で言った。

「強いのか、若旦那は？」

桃太郎が訊いた。

「若旦那は一刀流《いっとうりゅう》の道場にも通いました」

「なるほど」

だが、喜美香の構えを見て、

「ほう」

桃太郎は感心した。

女とは思えない大きくゆったりとした構えである。

若旦那は体格こそいいが、構えは小ぢんまりしている。相手の中心に向かって突き刺さっていくような気配である。

——突く気だな。

と、桃太郎は先を読んだ。案の定、

「きぇーっ」

若旦那が前に出た。いい踏み込みである。

が、喜美香はこれをのけぞりながら身体を回してかわし、回りながら竹刀で鋭く胴を払った。竹刀とはいえ、強い打撃音がした。

「むふっ」

息が詰まったところに、

「めーん」

思い切り頭のてっぺんを打たれた。

若旦那は、ふらふらと数歩、横に逃げたが、めまいがしたらしく、そのまま崩れ落ちた。

「若旦那」

またも利江が駆け寄った。

七

手当を受けている若旦那を見ながら、

「最後は？」

と、喜美香が訊いた。

「わたしのようだな」

金剛堂のあるじが立ち上がった。

「大旦那さま？」

「そうです」

「わたしのお父上になられるお方」

「そ、そういうことですな」

あるじは青ざめている。おそらく喜美香は、年寄り相手でも、手加減などしそうもない。

「ふつつか者ですが、ぜひ一手、ご指南のほどを」

と、喜美香は言った。妙な挨拶である。

それにしても金剛堂は、とんだ災難に襲われたものである。

「待たれい」

桃太郎が思わず、窓の外から声をかけた。

「誰です？」

桃太郎はゆっくりと正面に回ると、道場のなかに入った。

卯右衛門と勘吉も後からつづいた。勘吉が、利江の手当を受けながら座り込ん

でいた若旦那に、

「お助けいただく方です」

と、告げた。

桃太郎は喜美香と向き合うと、

「わしは、この道場の指南役でな。大旦那の代わりに、わしがお相手つかまつろう」

「そうなので？」

と、喜美香はあるじを見た。

あるじは困惑の表情である。それを見たら、明らかに嘘だとわかる。だが、

「間違いありませんよ」

と、若旦那が声をかけた。

「ならば、よろしいでしょう」

喜美香が竹刀を構えようとするのを制して、

「武器はなんでもよいのかな？」

桃太郎は訊いた。

「もちろん。お好きなものでお相手いたしますよ」

喜美香は自信満々である。

「では、枝刀を」

「枝刀？」

喜美香は大きな目をさらに見開いた。

「ご存じないか。この店にも置いてあるがな。持って来てくれ」

桃太郎は若旦那に言った。

「はい」

若旦那が自ら、急いで持って来た。

「これじゃよ」

桃太郎は受け取った二振りのうちの一方を、喜美香に手渡した。

「なんと」

喜美香は不思議そうにしながらも、何度もそれを振り回した。ひゅうひゅうと、大きな音を立てた。

「じつは、わしも使うのは初めてでな。初めて同士ならよいではないか」

「面白い」

喜美香は微笑《ほほえ》んだ。

二人は対峙した。

道場にいる者も皆、どうなることかと固唾《かたず》を呑《の》んでいる。

桃太郎も内心、驚いている。

不思議な武器である。長さは、ふつうの長剣と同じくらいである。重さは、真剣よりも先っぽのほうが重い感じがする。

相手がふつうの竹刀なら、受けに強いだろう。だが、枝刀同士だと、打ち合っても、絡《から》み合う感じになるのではないか。

喜美香もためらっているのがわかる。

「てやあ」

軽く打ち込んできた。桃太郎はかわしながら、軽く受けようとした。

だが、喜美香はすばやく引いた。絡むのを嫌がったのだ。

もう一度、枝刀をよく見た。すると、勝機が見えた。

桃太郎は微笑んだ。

「なにがおかしい？」

喜美香は怒りも露わに訊いた。侮辱《ぶじょく》されたと思ったらしい。

「枝の使い方をわかっておらぬようだ」

「なに」

「これは枯れ枝ではないぞ」

そう言ったとき、枝刀のどこかから葉が一枚散った。もちろん、得意の手妻である。

ただし、枯れ葉の剣で使っていた、茶色い紙の葉っぱではない。濃い黄色の紙で切ったものである。イチョウの枯れ葉に似た色で、このほうが目立つのだ。

「え？」

喜美香は唖然とした。

桃太郎は、大きく回り込むように足を運んだ。

「ほらほら」

さらに黄色い葉が舞った。

道場の開けた窓から、おあつらえ向きの風が入っている。その風に、何枚もの黄色い葉っぱが舞いはじめた。

喜美香は、足元から浮き上がる葉っぱについ目が行った。ひよこが飛び立ったみたいに見えたかもしれない。

ぴくっ。

と、表情がはじけた。

桃太郎は、そのときを見逃さない。すばやく打って出た。見た目からは想像もできない速さだったろう。

慌てて受けようとした枝刀に、こちらの枝刀を絡ませるようにして巻き上げた。まともに打ち合えば、喜美香の力のほうが勝《まさ》るかもしれないが、桃太郎のほうが攻めている。

「あ」

喜美香の枝刀が宙を飛んだ。

だが、次の喜美香の動きも凄い。

それを追って飛び上がったのだ。

しかし、指先は触れたが、摑《つか》みきる前に桃太郎は喜美香の足に絡みつけるようにして、枝刀を払った。

「あっ」

喜美香は、勢いよく床に叩きつけられた。

それでも起き上がろうとしたが、すでに喉元に枝刀を突きつけられていた。

喜美香が肩を震わせて泣いていた。どうにか嗚咽《おえつ》は押さえているが、大粒の涙がこぼれ落ちている。

「負けて悔しいのかな？」

桃太郎は訊いた。なんだか、娘にひどいことをしたような気になってしまう。

「いえ。負けたことで泣いているのではありません」

「では、なぜ？」

しばらくためらっているようだったが、

「お殿さまが好きなのです」

吐き出すように言った。

「ほう」

「おそばにいたかったのに、嫌われてしまいました」

耐え切れず声を上げて泣いた。なんとも哀れだった。さっきまでの夜叉《やしゃ》のような強さが嘘のようである。猪《いのしし》の毛皮をかぶっていたが、じつは小鹿だったらしい。

「腰元のまま、おそばにいたかったのに、嫁に行けと……。しかも、藩邸の外に……。ここの者たちだって、嫌々押しつけられたのです。わかっています、そんなことは。だから、せめて藩邸にもどれるようにごねたのです」

「………」

まさに、思いのたけを吐露《とろ》していた。

「でも、もう、もどることもできません」

喜美香はため息をついた。涙はおさまっていた。

「それで、どうするつもりじゃ？」

訊かなくてもいいことなのである。だが、桃太郎は訊いてしまった。

「わかりません。国許に帰っても、持て余されるだけですし」

「ふうむ」

桃太郎に一案が浮かんだ。

「では、江戸で道場を開いてみたらどうだ？　たぶん、女だてらに剣術だの薙刀《なぎなた》を習いたいというおなごは、意外にいるはずだぞ」

「そうでしょうか？」

「ああ、いる」

「そういえば、わたしに剣術を教わりたいと、何人かに言われたことがあります」

「だろうな」

「でも、資金が……」

「それくらいの資金は、殿さまが出してくれるはずだ」

「考えてもみませんでした」

喜美香の顔が輝いている。

いや、金剛堂のあるじや若旦那たちも、互いにうなずき合っている。

桃太郎の名案だった。

「藩主に近くて、あんたが相談できる者はいないかい？」

桃太郎は、金剛堂のあるじに訊いた。

「はい。懇意にしていただいている留守居役《るすいやく》がいます。じつは、今日のようすも、あとで報せることになってました。さっそく番頭に交渉に行かせましょう」

「それはいい」

あるじが促すようにすると、番頭はまかせてくれと言わんばかりにうなずいて、道場から出て行った。

「それはそうと、これからしばらくはどういたす？」

桃太郎はさらに訊いてしまった。泊まるところがないなどと答えたら、どうするつもりだったのか。

「いったん下屋敷に入ることにします。やはり国許から来た女中がかくまってくれるでしょうから。ご迷惑をおかけしました」

喜美香は道場の男たちに深々と頭を下げ、来たときよりも軽《かろ》やかな足取りでいなくなった。

八

喜美香がいなくなると、一同、いっせいに安堵《あんど》のため息をついた。

嵐が去ったみたいな雰囲気である。

じっさい、あるじが道場を見回し、

「大丈夫か。皆、無事か」

などと声をかけている。

道場のあちらこちらに、男たちが座り込んだり、横たわったりしている。かすかに呻《うめ》き声すらある。

女二人が、そうした男たちに濡れ手ぬぐいを当ててやっている。

「おまえさん。吉松《よしまつ》が、どうも腕の骨にヒビでも入ったみたいですよ」

壁に背をもたれて、青い顔をした若者を介抱していた女が言った。四十半ばほどで、どうやらこの家の姑《しゅうとめ》らしい。

「折れてないだろうな？」

あるじが訊いた。

「折れてはいないみたいですが」

「亀吉《かめきち》。裏の趙雲《ちょううん》さんを呼んで来い」

「わかりました」

無事だった手代が、骨接《ほねつ》ぎらしき趙雲とやらを呼びに行った。

「それと、うなぎを二十人前ほど届けさせよう。骨を油で揚げたやつもいっしょにな。あれは、打ち身にもいいらしいから」

あるじはさらに言った。

「わかりました」

と、こちらは手首に痣《あざ》ができている手代が出て行った。

「利江さんも、一休みしてくれ。ほんとに、助かったよ。このとおり、礼を言います」

と、あるじは利江に丁寧に頭を下げた。

「そんな」

利江は照れてうつむいた。

それからあるじは桃太郎の前に来て、深々と頭を下げ、

「本当に、お武家さまにはなんとお礼を申したらよいのか。お名前も伺っておりませんで」

と、言った。

「愛坂さまとおっしゃるんですよ」

勘吉が言うと、

「元お目付で、謎解きにかけては天狗のようなお人ですよ」

卯右衛門が余計なことを付け加えた。

「お宅には、改めてお礼に伺いますが、まずは母屋《おもや》のほうで一献」

と、場所を移そうとしたので、

「そんなことより、ほかにやるべきことがあるよな」

と、桃太郎は言った。

「は？」

「大事な嫁をボロの着物で迎えたままでよいのかな？」

「あ、いけない」

あるじが頭に手をやり、

「ほんとにそうでした」

と、姑が言った。

「そんなボロは早く着替えなさい」

「それより、あなた、ちょうどあの腰元が置いていった白無垢の着物がありますよ」

「あ、そうだな。だが、置いていったものでは……」

「お嫌、利江さん？」

夫婦は利江に訊いた。

「いいえ、そんなのにはこだわりません」

利江は首を振って言った。

「だったら、そうしよう。祝言だ、祝言。今度こそ本当の、めでたい祝言だ」

あるじに促され、皆は母屋の広間に席を移した。

慌ただしく、お膳が並べられた。

ちょうどしたくが整ったころ、着替え終えた利江が、しずしずと姿を見せた。

「おう、立派な嫁が来てくれた」

「まあ、きれいだわ」

「おう、利江。おれはお前のその姿が見たかったんだ」

金剛堂の人たちや勘吉からいっせいに歓声が上がり、桃太郎までつい、目をうるませてしまったのだった。

# 第三章　ヒビ割れた茶碗から

## 一

愛坂桃太郎はまだ、夜になると近所をほっつき歩いている。

まだまだ夜風に春の気配はない。腹に懐炉《かいろ》を入れ、しょっちゅう手を当てて、指先を温める。かじかんでしまったら、剣を抜くことすらままならなくなる。

「ほら、出て来いよ。さっさとケリをつけようぜ」

闇に向かって小さくつぶやいてみる。

仔犬の音吉を誘い出しているのだ。

だが、音吉はいっこうに現われない。桃太郎の、歳にあるまじき動きの素早さに、驚嘆《きようたん》したのか。とてもかなわぬと悟ったのか。

そんなわけはない。あの手のやつらは、自分の力を過信している。たまさかしくじったが、次はかならずと思っているに違いないのだ。

——だが、こうも現われないと、そのうち惚けた老人の徘徊癖《はいかいへき》と思われるかもな……。

いっそ、火の用心も兼ねて、拍子木《ひようしぎ》でも打ちながら歩こうかと思ったりもする。

江戸橋《えどばし》のところに来た。

ここは広小路になっているが、その真ん中には幾つか大きな蔵があったりして、変な景色のところである。日本橋周辺と比べると、夜間はぐっと人の数も減り、寂しげだが、見通しはよく、襲撃には適していない。十一日目のふくらみ出した月も輝いて、近づく者を見逃すことはない。

——今宵も出ないか。

そう思ったら、急に腹が減ってきた。寒いと腹の減りも早いのだ。橋のたもとに夜鳴きそば屋が出ている。甘さの混じったしょうゆの匂いは、夜のなかで嗅ぐと、たまらなく食欲をそそる。

以前なら、何も考えず、屋台の前に立った。いまは躊躇《ちゆうちよ》してしまう。そばも飯と同様で食い過ぎてはよくないらしい。

夕飯は済ませたのだ。

――どうしよう？

我慢したいが、いざ斬り合いのとき、腹が減っていては力が入らない。

――ひいては桃子を守るためだ。

自分に言い訳をして、屋台の前に立った。

「いらっしゃい」

若いあるじである。

「そばは半分にしてくれ」

「半分？」

「ああ。代金はそのままでいい」

「はあ。そりゃあ、助かります」

「それと、天ぷらはなんだ？」

「エビとイカがあります」

「では、エビを二本とイカは一つ、載せてくれ」

魚の類《たぐい》はいくら食べてもいいと聞いている。むしろ、魚で力をつけるのがいいと。

若いと、動きも早い。

「へい、お待ち」

すぐにどんぶりが出た。

置いてある唐辛子《とうがらし》をたっぷり入れた。いい匂いである。そばを減らした分、エビやイカを嚙みしめるように味わう。

以前は、ツユに浸《ひた》し、ぐちゃぐちゃになった天ぷらを、ツユごとすすった。それが、夜鳴きそばの醍醐味《だいごみ》だとも思っていた。

いまはそんなことはしない。あまりツユを吸わないよう、どんぶりの縁に立てかけ、先っぽだけ浸かったツユの味で食う。しょっぱいのも身体によくないらしいのだ。

だが、こうして食ったほうが天ぷらの味がよくわかるのだ。油で揚がった衣の、カリッという歯ごたえも味わえる。

「うまいな」

と、桃太郎は褒《ほ》めた。

「ありがとうございます」

半分ほど食べたとき、誰かが日本橋のほうから、急いでこっちに近づいて来た。

大方、腹を減らした客だろう。

ちらりと目が合った。

すると、男はさっと目を逸らし、方角を変え、通り過ぎて行った。

——ん？

いまのは、東海屋千吉ではなかったか。

——わしがいるとわかって、寄らずに通り過ぎたのか。

だが、東海屋は腹を刺され、まだ臥《ふ》せっているはずである。

男が去ったほうをじっと見ていると、

「どうしました？」

屋台のあるじが訊いた。

「いや。知った男だったような気がしたのだ」

「ああ、いまのは東海屋の親分みたいでしたね」

「東海屋を知っているのか？」

桃太郎は驚いて訊いた。

「親分とは話したことはありませんが、子分にショバ代を取られています」

「そうなのか」

こんなところまで、あいつの縄張りに入ったとは思わなかった。とすると、八丁堀坂本町にも迫っているのか。

「最近、のしてきてるとか」

「らしいな」

そばを食べ終えると、桃太郎は坂本町の番屋に行き、筆と紙を借りて、雨宮五十郎宛てに短い伝言を書いた。

「明日、町回りの雨宮が通ったら、これを渡すようにしといてくれ」

怪我をしたはずの東海屋千吉が出歩いているかもしれない。確かめてもらいたいという内容だった。

二

翌朝——。
日本橋の魚河岸《うおがし》のなかにある飯屋で、鯛《たい》のかぶと煮とアラ汁という猫の好物の

ような朝飯を食べ終え、裏のほうを散策していると、

「おや、愛坂さま」

料亭〈百川〉の旦那とばったり出くわした。

この旦那は、ほとんど客の前に出ず、いつも外に出ているか、調理場で料理のできを見ていたりするが、じつはものの わかった人として知られている。また、一部では読書家として有名で、硬軟《こうなん》取り混ぜて万巻《ばんかん》の書を読破しているらしい。

桃太郎も、帳場の奥ではなく横にある旦那の部屋をちらりと見たことがあるが、積み上げられた書物の多さに驚かされた。だが、聞くところでは、柳島《やなぎしま》の別宅にある書物の量は、床が抜けそうなくらいだという。

「旦那も仕入れをするのかい?」

と、桃太郎は訊いた。

「あたしは珍味専門でしてね。頼んでおいたサメの心の臓が入ったんで」

「サメの心の臓? うまいのかい?」

「うまいときもあれば、首をかしげるときも」

「なるほどな」

珍味というのは、そんなものかもしれない。

「それはそうと、今年の正月以降、珠子さんも蟹丸もあまりお座敷に出ないので、日本橋の旦那衆はつまらなそうですよ」

「そうなのか」

そうかもしれないと思っていたが、やはり二人の存在は大きいらしい。

「ま、事情はあるのでしょうから、ゆっくり休んだほうがいいと思います。あたしなんざ、商売はほとんど女房にまかせ、休んでばかりです」

「休める人間は羨ましいな。どうもわしは、休むよりは、なにかやっているほうがいいみたいでな。貧乏性《びんぼうしょう》なんだな」

「いえいえ、商人だったら、豪商堅気です」

「そうかね」

「でも、愛坂さまがお暇となると、ちと相談してみたいことがございます」

「なんだい？」

「近所に、妙な話がありまして。愛坂さまは、瀬戸物町《せとものちょう》の〈瀬戸重《せとじゅう》〉はご存じですか？」

「ああ。買ったことはないがな。やたらと高いものばかり置いている店だろうが」

高いだけでなく、いいものでもあるらしい。嫁の富茂が、ここで夫婦《めおと》茶碗を買ってきたと、千賀が眉をひそめていたことがある。

「そうです。その瀬戸重に数日前、初めての客が訪れて、少しだけヒビが入った茶道の名器はないか？　と、訊いたんだそうです」

「ヒビの入った茶道の名器？」

「はい。瀬戸重では、当然、そんなものは置いてないと答えました。すると、では、楽焼《らくやき》あたりの茶碗にヒビを入れてくれないか、代金は元の値でいいからと、そう言ったんだそうです」

「それで、ヒビを入れたのか？」

と、桃太郎は訊いた。

「いいえ、入れませんよ。入れるわけ、ありません。手代に替わってあるじが応対し、うちではそんなことはできないと、きっぱり断わって帰したそうですが、なんか腑《ふ》に落ちないと申しておりました」

「ふうむ」

「謎でございましょう？」

百川の旦那は、桃太郎をそそのかすように見た。

「まあな」

「でも、たいした謎ではないとお思いでしょう？」

じつはそうも思った。どうしても解きたいというほどの謎ではない。

「旦那にとっては、それが大いなる謎なのかい？」

「じつは、いま、日本橋界隈の茶の湯の世界は、二つに分かれておりましてね。一つは、侘《わ》び寂《さ》びとはまったく正反対の、きらびやかな黄金流《おうごんりゅう》と呼ばれるもの。そして、もう一つが、この正月から急に取り沙汰されるようになった清貧流《せいひんりゅう》と呼ばれるものです」

「黄金流と清貧流か」

「それぞれ家元《いえもと》がおりまして、二人とも、当家の流派は千利休《せんのりきゅう》の流れだと称しております。あたしは、この二つの対立と、さっきの茶道の名器にヒビを入れてくれという依頼が関わっているんじゃないか、そんな気がしましてね」

「ふうむ。茶の湯の世界のことか」

桃太郎は、かすかに眉をひそめて言った。

「愛坂さまは、茶の湯の世界など、お嫌いですよね」

「わかるかい？」

「それはわかりますよ。愛坂さまが、ああいう決まりごとだの、こまかい所作だのにこだわるのが、楽しいはずがありませんから」

「お見通しだ」

と、桃太郎は笑った。

茶碗を三度回そうが、五度回そうが、桃太郎はどうだっていい。茶など、ずずる音を立てて飲むのがうまいので、あんな狭いところで、しゃっちょこばって茶を飲んで、いったいなにが面白いのか、さっぱりわからない。

「じつは、あたしもあまり好きじゃないんです」

「ほう」

「ただ、あたしの場合は、子どものころ、親に無理やりやらされたせいでした。それがなければ、もっと好きになっていたかもしれません」

「なるほど」

この旦那なら、茶を点《た》てても、絵になりそうである。

「もしかしたら、愛坂さまのお嫌いな茶の湯の世界の正体をひん剝くことになるかも」

「…………」

たしかに面白そうである。

だが、むやみに敵をつくるのも、気が進まない。その敵が、やがて桃子の敵になったりしたら馬鹿馬鹿しい。

そんな気持ちを察したらしく、

「面倒で剣呑《けんのん》な話になりそうでしたら、途中でやめていただいて構いません。また、あの界隈のことでしたら、あたしがどうにか適当に収めますので」

それは百川の旦那があいだに立てば、たいがいのことは収まるだろう。

「ふうむ」

迷うところである。

「退屈しのぎに、いかがでしょう？」

この旦那といっしょに何かするというのも面白そうである。

「わかった。とりあえずちょっと、動いてみようか」

と、桃太郎はうなずいた。

## 三

まずは、黄金流の茶の湯を見物することになった。

ちょうどこの日は、百川の旦那も出席する茶会がおこなわれることになっているという。夜からだというので、いったん別れ、暮れ六つ（午後六時）近くに百川を訪ねた。

「では、参りましょう」

百川のある浮世小路を奥に抜けて、塩河岸《しおがし》と呼ばれる伊勢町堀《いせちょうぼり》の前から路地を入った。ここらは、町年寄《まちどしより》である喜多村彦右衛門《きたむらひこえもん》の屋敷の裏手に当たる。

歩きながら、

「凄いですぞ」

と、百川の旦那は言った。

「ほう」

「茶の湯をやらなくても、一見の価値はあります」

「作法はわからぬぞ」

「あたしの真似をしていただければ大丈夫です」

それくらいはできる。

一軒の家の前で立ち止まった。

「ここです」

「ふうむ」

間口はさほどでもない。ちょっとした隠居家ふうである。

門戸を開ける前に、

「華美の極致ですから、もちろんお上に知られたら厳しい叱責《しっせき》を蒙《こうむ》ります。たぶん取り壊しを命じられるでしょう。ご内密にお願いします」

と、百川の旦那は言った。

元目付という立場だが、目付が取り締まるのは、旗本や御家人で、町人のことは無視することもできる。

「わかった」

と、桃太郎はうなずいた。

門を開け、母屋の玄関へ。

その戸を開けた途端、まばゆい黄金の世界が広がった。

柱や梁《はり》は金箔《きんぱく》が貼られ、漆塗《うるしぬ》りの床にも、金がまぶしてある。

「いらっしゃいませ」

着飾った若い娘が、奥へと案内してくれる。

「こちらです」

廊下の奥が茶室だった。にじり口などはない。金箔貼りの襖《ふすま》を開けると、眩《まぶ》しさで目がちらついた。

「百川さん、お待ちしておりました」

「どうも。お一人、お仲間に加えていただきたいと存じます。こちらはわたしがつねづねお世話になっている愛坂桃太郎さま」

百川の旦那が桃太郎を紹介した。

先に来ていた三人の客が、桃太郎に頭を下げた。男が一人に女が二人。いずれも初老の裕福そうな町人である。

「黄金流茶道の家元、千光休《せんのこうきゅう》でございます」

家元は柔らかい声で名乗った。

ようやく眩しさに目が慣れ、前にいる人物を直視することができた。

でっぷり肥った、いかにも金持ち然とした人物を想像していたが、体格はさほどでもない。中肉中背。ただ、見た目はやはり、豪華絢爛《ごうかけんらん》である。金糸銀糸《きんしぎんし》の派手な着物を、軽く着流している。

「さっそく始めましょうかな」

家元は、先客もふくめ五人の客に、

にっこり。

と笑顔を見せた。その笑みにも、金の輝きを感じさせる。

茶釜《ちゃがま》と茶筅《ちゃせん》も茶碗も、すべて金色である。茶筅に金箔をくっつけるのは、さぞかし大変だったろう。

作法自体はとくに変わりはないようにも思える。順に回って来る茶碗のお茶を少しずつ飲んでいき、桃太郎は最後なのでぜんぶ飲み干した。金箔が入っていて、毒ではないと知っているが、胃だの腸だのを驚かせるみたいで、本当なら飲みたくはなかった。

桃太郎が飲み終えるのを見計らったように、

「妙なお茶でございましょう」

と、千光休が桃太郎に訊いた。

「妙と言えば、妙なのだろうが、太閤秀吉《たいこうひでよし》の茶がこんなふうだったらしいの」

と、桃太郎は言った。

黄金の茶室があったと、誰かに聞いた気がする。もしかしてこの家元は太閤贔屓《びい》で、心ひそかに打倒徳川《とくがわ》を夢見ているのだろうか。

「はい。似たところはあるでしょうな。ただ、太閤秀吉の黄金の茶室は、簡単に移設できるものだったそうでしてね、わたしのはちゃんとした普請《ふしん》になっております。重厚さはこちらが上でしょう」

千光休は、ぬけぬけと言った。どうやら、太閤贔屓《き》もさほどではないらしい。

「重厚さがな」

「それに太閤秀吉の茶室は、壁も天井も一面、金箔が貼られていました。ここは違いますでしょう」

「そうだな」

壁は、赤と緑のしっくいのところがある。だが、柱や梁は黄金色《こがね》である。太閤の茶室とは比べられないが、こちらのほうが別の色が入ったことで、逆に派手な感じになっているのではないか。天井は金箔が貼られ、ろうそくの明かりが反射して、とてもまともには見られない。床は黒い漆塗りで、そこに金色の座布団が置かれ、主人も客もそれに座っている。

また、ここの明かりが強烈なのである。吉原《よしわら》や大名屋敷で用いられる太い百目《ひやくめ》ろうそくを、四隅に置いている。その明かりが金箔で反射しているから、影が消えてしまい、人の顔もやけにのっぺりとして見える。

「どうです。このなかにいて、何も感じませんか?」

と、千光休が桃太郎という人間を試すみたいな口調で訊いた。

「いや、大いに感じるよ」

「どのようなことを?」

「まあ、最初は呆気《あつけ》に取られるわな。あまりの派手さに。だが、これはこれで、面白い気がしてきた。派手な茶の湯だって、あってもおかしくはない」

「お心の大きいお人ですな」

「悪趣味かもしれぬが、これも一つの趣味」

「悪趣味は手厳しいですな」

「あるいは、これも侘び寂びのような気もしてきた」

「卓見《たつけん》だと思います」

「逆に金がなんだとも思える」

「はい」

「世界中の富を自分のものにしたら、何一つ持たない者と、同じようなのかもしれぬ」

「なにやら老荘《ろうそう》の世界ですな」

「思えば、侘び寂びは貧乏臭いな」

「ええ」

「あっちは、何もなくなれば、すべて持ったのと同じというのをめざしているのかな」

「ますます老荘」

「ちょうどいいところはないのかとなると、それは茶の湯ではなくなるのだろうな」

「面白いですな」

「いやあ、いろいろ考えさせられる」

「考えるということが、この黄金流の目的なのです」

「それはわかったような、わからぬような」

と、桃太郎はつぶやいた。この家元は、禅問答《ぜんもんどう》が好きなのか。

「金持ちはどんどん楽しみ、世のなかに金を回してやるべきです。こうして豪華絢爛を楽しむのは、決して上品ではないかもしれませんが、上品がなんだというのです。人間のくせに、なにを気取《きど》るかと」

「まったくだな」

そこは、桃太郎も同感である。

「もともと、千利休の茶には、贅沢で派手なところがありました」

「そうなのか」

「太閤秀吉を招いたときの、有名な朝顔《あさがお》の茶会の逸話がありますね。咲き誇っていた朝顔の花をぜんぶむしってしまい、ただ一輪だけ花瓶に挿して迎えたという」

「わしはその逸話が嫌いでな。むしられたほうの花が可哀そうではないか」

まさに、一将功成《いつしようこうな》りて万骨枯《ばんこつか》るである。

だが、秀吉にそのことを諭したという説もあるらしい。

「そう思われる心やさしい方もおられるみたいです。だが、ある意味、贅沢のきわみで、紀伊国屋文左衛門《きのくにやぶんざえもん》や奈良屋茂左衛門《ならやもざえもん》などの豪商がやったという豪遊ともつながるところがありますよね」

「あるな」

「だから、千利休の侘び寂びには、贅沢が隠れていたのです」

「なるほどな」

千光休の言うことは、ずいぶん納得できる。

このあと、飯が用意してあるということだったが、百川の旦那と桃太郎は、別の用があると言って、中座させてもらった。

四

つづいて清貧流を見るのだが、

「こっちのほうが茶席に出るのは難しいかもしれません。さっき、使いを出して、申し込んでおきましたが、まずは茶室のほうを訪ねましょう」

と、百川の旦那は言った。

「遠いのかい？」

「いえ、このすぐ近くです」

「近所同士で、よくも極端な茶の湯を始めたもんだな」

「まったくです。だが、清貧流のほうは突如現われたようなものでして」

「ふつうの茶の湯はないのかい、日本橋周辺には？」

と、桃太郎は訊いた。

「もちろんございますとも。表千家《おもてせんけ》も裏千家《うらせんけ》もいらっしゃいます。ただ、こっちは昔からぼちぼちという感じでやってまして。五年前に、千光休が登場して、いっきにこの界隈に愛好家を増やしたわけです」

「なるほど」

「そこへ、今年の正月に突如、清貧流が出現したのです」

「誰が始めたんだ？」

「師匠は、鴨貧居《かものひんきょ》といって、謎の人物です。だが、出現した途端、たちまち噂の人になりました」

「ふうむ」

「いまや、かなりの人が順番待ちだとか」

「百川の旦那でもかい？」

「いやあ、商売っ気のない人からしたら、わたしなどは会いたくない人間になるのでしょう。ふっふっふ」

旦那は面白そうに笑った。

さっきの千光休の家の路地から一本向こうの狭い路地を入ると、空き地のようなところに出た。そこに掘っ立て小屋が立っている。

「ここです」

「これはまた」

こんな奥まったところでなかったら、逆に目立って仕方がないだろう。ここは日本橋にもお城にも近い、江戸の中心地なのである。そこへ、こんな廃屋《はいおく》どころかボロ雑巾《ぞうきん》のかたまりみたいな家があるのは、異様な感じがする。

ほとんどは、焼け残った廃材と、朽ちかけた竹でできているらしい。

がたがたした戸を開けて、

「ごめんください」

百川の旦那が声をかけた。

なかはほとんど真っ暗だが、

「はい。どなた?」

と、返事がした。

「百川ですが」

「ああ、先ほど使いの方がな。いいですよ、ちょうど空いてました」

「それはよかった」

と、百川の旦那は、桃太郎を見て微笑んだ。

入ると土間があり、すぐに四畳半ほどの部屋がある。にじり口などはない。裏長屋の造りといっしょである。

粗末だが、しかしそれほど不潔な感じはしないのは、茶の匂いしかしないせいかもしれない。

百目ろうそくが四本も使われていた黄金流とは正反対で、こちらはろうそくどころか、油にこよりをつけて火を点《とも》すひょうそくの明かりだけである。しかも、家元の後ろに置いてあるので、ようやく手元が見えるくらいで、互いの顔もわからない。

侘び寂びどころではない。貧乏の極致。

桃太郎は、黄金流より、逆に緊張している。

「床が抜けやすいので、気をつけてお座りください」

「む」

畳ではなく茣蓙《ござ》が敷いてある。それは古びてはいるが、汚くはなさそうである。使わないまま、百年ほど置いといたのかもしれない。

「なにも作法などありません。ただ、静かに貧を味わっていただければ」

「貧を味わう？　酔狂《すいきょう》なことだな」

　と、桃太郎は言った。

「本当に貧乏な人はこんなところには来ません」

「だろうな」

「こちらは、愛坂桃太郎さま」

　百川の旦那が紹介した。

「ここでは、お武家さまも町人もいっしょですぞ」

「ああ、かまわんよ」

　と、桃太郎は言った。

　これも作法自体はとくに変わらない。

　できた茶を、先に百川の旦那の前に置き、桃太郎が飲み干した。

　茶の味だって、まったく変わらない。流派ごとに、甘いだの酸っぱいだの、違いがあったほうがいいのではないか。

　暗いなかで目を凝《こ》らすと、茶碗にヒビが入っている。茶碗がいいものかどうかは、桃太郎にはわからない。

「ヒビが入っているでしょう」

家元が言った。

「ええ」

「粗末な茶器でも、茶の心は成し遂げられるのです」

「弘法《こうぼう》、筆を選ばずというやつかな」

「あははは。われらはむしろ、わざと粗末な茶器を使うようにしていますのでな」

「なるほど」

「できれば、茶器もはぶけるものははぶいていきたいと思ってます。無一物《むいちもつ》をめざしていますのでな」

「こうした茶室は？」

「ええ。これもなくして、野原で茶を点てて飲むようにしたいですな」

「すべてをなくせば、すべてを得たのと同じことになるのかな？」

桃太郎は、わざとからかうような口調で言った。

「愛坂さまは面白いですな」

揶揄《やゆ》しても、あまり動じないらしい。

「これも侘び寂びだと？」

桃太郎は訊いた。

「侘び寂びの彼方《かなた》を目指しています」

「彼方とな」

「利休が生きていたら、おそらくそのほうへ向かったはず」

「だが、家元には上納金は納めるのでしょうな」

桃太郎は訊きにくいことを訊いた。

「もちろんです」

「弟子がずいぶん増えているというから、かなりの額になるだろうな」

無一物で、上納金だけが入るなら、こんなにいいことはない。

「だが、入ったものは、すべて茅場薬師《かやばやくし》に寄進しております。本当の貧困に悩む者たちに使ってもらうために」

「それは立派だ」

桃太郎はまだ訊きたいことはあったが、

「本日はここまで」

と、茶会は終了となった。

五

二つの茶会を終えて外に出ると、けっこうな刻限になっていた。

「うちにもどってお夜食でも」

「いや、ここで帰るよ。用意しておいた飯もあるのでな」

嘘ではない。一度、長屋にもどったとき、湯豆腐の鍋をつくり、それを火鉢に載せればいいだけにしてきたのだ。もっとも、つくったのは朝比奈で、桃太郎のはおすそ分けというわけである。

「では、ここで伺いますが、なにかお感じになられたことは？」

「うん。黄金流というのは面白かった。習うかと言われたら、それは嫌だがな」

そのくせ桃太郎は、いままで妙な習いごとをずいぶんやってきている。

「そうでしょうな」

「いまは、どっちの弟子が多いんだ？」

「それはまだまだ光休さんのほうでしょう」

「そうか」

「でも、清貧流には勢いがあります。昨夜の茶会では、黄金流のほうからも、ずいぶん客が押しかけたみたいです」

「そうなのか」

だとしたら、千光休も、心おだやかではなかったはずである。

「旦那なら、どっちをやる？」

と、桃太郎は訊いた。

「じつは、うちのやつは若いときから、けっこう本気で茶の湯をやってましてな」

「ああ、そう言われるとなるほどと思うよ」

立ち居振る舞いがやはりきれいなのである。駿河台の屋敷にいる嫁の富茂も、そういうことはうるさいが、比べても断然、女将のほうがさまになっている。料亭の女将というのはそういうものだろうと思っていたが、やはり基礎をきちんと学んでいるのだろう。

「それで、噂を聞いて、清貧流をのぞいてみようかしらと言ってました」

「そっちかい」

「清貧というのには、心をくすぐられるんだそうです」

「それで、旦那は？」

「あたしは、黄金流ですか」

「やっぱりな。それで、わしの勘だが、清貧流のほうがな……」

と言って、にやりと笑った。

「怪しいですか？」

「まあな」

なにか、引っかかっているのである。

それは、あの鴨貧居という家元に対して感じたのか。それとも言葉に嘘っぽさを感じたのか。そこらは自分でもはっきりしない。

「茅場薬師に寄進していると言ってましたな」

「本当かね」

「じつは、大金を貯め込んでいたりするのでしょうか」

「清貧などと自分で言うやつに限って怪しいのよ。明日にでも確かめておこう」

茅場薬師は、桃太郎の長屋からもすぐのところで、山王旅所《さんのうたびしょ》と境内《けいだい》をともにしている。毎月八日と十二日の縁日には植木市で賑わい、桃太郎も朝比奈も、かならずのぞいている。また、境内の一角には、薬師堂の坊さんがやっている孤児院があり、捨て子を育てているらしい。まさか、そこへ寄進しているとでもいうのか。

「では、明日またお会いできるので？」

「ああ。夕方くらいかな」

「お待ちしています」

と、桃太郎は百川の前で旦那と別れた。


翌朝——。

桃太郎は薬師堂に行き、そこの坊さんに声をかけてみた。

「ちと訊ねるが、鴨貧居という茶の湯の家元なんだが」

桃太郎がその名を出した途端、

「ああ、はい。貧居さん」

と、尊敬の念みたいな笑みを浮かべた。

「ここの孤児院に寄進をしていると聞いたのだがな」

「ええ。清貧流というのをお始めになられて、お弟子さんたちからいただいた上納金は、そっくりこちらに寄進するとおっしゃっていただいて」

「ほんとにしてるのか？」

桃太郎が疑わしそうに訊くと、

「ええ。何日か前に、驚くほどの額を頂戴しておりますよ」

坊さんは、軽く眉をひそめて言った。

「来たのかい、鴨貧居が？」

「持って来たのは、ご当人ではなく、お弟子さんですが」

「なんで、自分で持って来ないのだ？」

やることが、どこか怪しいではないか。

「お弟子さんがおっしゃるには、礼を言われるのが照れ臭いからだそうです」

「ふうむ。だが、上納金全額ということはあるまい」

「いいえ。お名前が入った封書ごといただいてますから、全額でしょう。立派な方でいらっしゃいますなあ」

あなたとは違って、という言葉は飲み込んだみたいである。

「そうなのか……」

これは桃太郎も意外だった。

# 六

薬師堂からもどって来ると、ちょうど長屋に雨宮五十郎が来たところだった。

岡っ引きの又蔵と、中間の鎌一もいっしょである。

三人とも、町方の特徴と言える睨みの利いた目つきをしていない。悪事より、梅のつぼみでも探している目つきである。

「伝言をいただいた東海屋の件ですが」

と、雨宮が言った。

「うむ。忙しいところを、仕事を増やして悪かったな」

お世辞のようなものである。雨宮が忙しそうだと思ったことは一度もない。

「いえ。愛坂さまに教えられて、家にいるか、見に行きました」

「どっちにいるんだ？」

箱崎《はこざき》に宿屋を持ち、そこで賭場《とば》を開いていたが、最近、通油町《とおりあぶらちょう》にも大きな宿屋を買い取ったので、そっちを根城にしているのかもしれない。

「箱崎のほうです」

「いたんだな」

　顔がそう言っている。

「ええ。大袈裟《おおげさ》に寝込んでました」

「顔は見たのか？」

「見ました。会いたくないとぬかしたのですが、子分の目の前で十手をぐるぐる振り回してやると、二階に案内されました。野郎、二枚敷きのあったかそうな布団に寝てましてね。枕元にはみかんの山盛りですよ」

「そんなことはいいよ」

「それで、おめえ、夜中に出歩いているそうだな、おめえを見た人がいるんだぜ、と厳しく問い質しました」

「まあ、素直には認めぬだろう。寝床にいなかったらともかくだが」

「ええ。腹に巻いた晒《さら》し木綿《もめん》まで見せまして、ちっと血も滲《にじ》んでいたんですが、あたしが出歩けるわけがありませんと」

「ふうむ」

「ちょうど医者が来まして。養生中ですので、長い話は勘弁してくださいと」

「医者もな……」

はたして、あのとき見たのが本当に東海屋だったのか、自信がなくなってくる。

「おいらも、こりゃあ駄目かと思いました。ところがですよ、とんでもねえ話が耳に入りました」

雨宮はそう言って、後ろにいた又蔵を促すようにした。

「今朝、別の筋からなんですが、とんでもない話を聞きました」

と、又蔵が言った。

「なんだ？」

「東海屋千吉が、目玉の三次と会ったというんです」

「目玉の三次と？」

「一昨日《おととい》の夜四つ（午後十時）ごろです」

「うむ」

桃太郎が見かけたのも、一昨日のその時分である。

「料亭などではなく、日本橋のたもとで立ち話だったそうです」

「ほう」

やって来た方角も合っている。

「しかも、なにやらかなり込み入った話になったらしいんです。だいぶ話し込んでいたと言いますから」

「二人きりでか？」

「いや、千吉は一人でしたが、三次のほうは、近くに子分たちがいたそうです」

「千吉もたいしたもんだな」

三次を呼び出し、自分は一人で出向いた。しかも、料亭などではなく、日本橋のたもと。子分たちが見張るなかで、堂々と目玉の三次と渡り合ったのだ。

「三次は、子分たちと舟でいなくなったそうです。見ていたのは、あっしの友だちで、日本橋の橋番をしてるんですが」

又蔵がそこまで言うと、

「おいらも、千吉の野郎はつきっきりで見張るべきだと思いまして、上役に援軍を頼んだんです。すると、驚きました」

雨宮が言葉を継いだ。

「なんで驚いたんだ？」

「雨宮。やくざを締め上げるのは適当にしておけと」

「ほう」

「どうも、東海屋というのは、町年寄《まちどしより》の喜多村彦右衛門が目をかけているんだそうです。あのような男が力をつけると、江戸のやくざはむしろ御《ぎょ》しやすくなると」

「……………」

「上役も同感だそうです」

「……………」

桃太郎は呆れている。

悪党を捕まえるときは、機を見るときはある。早過ぎても証拠が足りなかったりするし、相手を追い詰めることで、逆に尻尾を出したりすることもある。だが、雨宮の上役は、悪党を野放しにしておけと言っているのだ。

この先、江戸のやくざの縄張りがどうなっていくのか、桃太郎にも予想がつかなくなっている。

## 七

桃太郎は、まだ長屋の二階にいる。陽が傾きつつあるが、なにかが胸のどこかに引っかかったまま、その正体はわからないままなのだ。

二階の窓の障子を開けて、下を見た。

朝比奈が盆栽を並べていた。

ずいぶんな数になっている。収集家の趣《おもむき》を呈し始めている。そのうち、盆栽用の庭を借りようなどと言い出すかもしれない。

「あんた、ちょっと見ないうちにずいぶん買い込んだな」

と、上から声をかけた。

「いや、まあ。もらってきたものもあるんだ」

「その松なんか、いい味、出してるよな」

「どれ？」

「その、いちばん右端だよ」

「これか。うん、これは自分でも気に入ってるんだ」

と、朝比奈はその鉢を手前のほうに持って来て、

「どうだ？」

自慢げに桃太郎を見上げた。

「ん？」

桃太郎は、首をかしげた。

「同じ盆栽でも、置くところが違うと、ずいぶん感じも違うもんだな」

右端にあったときは、飄々《ひょうひょう》とした感じだったのが、正面に来たら、重厚さが目立っている。

「そうかね」

「あ……」

ふと、頭のどこかで何かが光った気がする。

「どうした？」

「いや、ちょっとな」

胸に引っかかっていたものが、スッと下りて行った。

桃太郎は、急ぎ足で百川にやって来た。すでに陽はずいぶん傾いてしまった。

旦那はずいぶん待ちかねていたらしく、

「どうぞ、どうぞ。わたしの部屋に」

そこにはすでに、茶や菓子まで用意してあった。

この部屋には初めて入った。

やはり、書物が凄い。壁の二面が天井まで書架《しょか》になっていて、そこへ書物がぎっしり詰め込まれている。

「これだけ読んだら、どれほどの知識が身につくのかな」

と、桃太郎は見上げながら言った。

「いいえ。こうして積んでいるうち、ちゃんと読んでいるのは、せいぜい二、三割ですよ」

「そうなのか」

「手元にないものを見つけると、買わずにいられなくなるという、病気ですな」

「ふうむ」

そうは言っても、やはり並の知識ではない。それは、話していればわかるのである。

「そこで、例の家元たちだがな。とんでもないことを思いついた」

桃太郎は腰を下ろして言った。

「なんでしょう？」

「あの二人は、双子ではないよな？」

桃太郎の問いに、旦那は一瞬、なにを言われたかわからないという顔をした。

「双子？　光休さんと、鴨貧居がですか？」

「そう」

「聞いたことがないですな」

「そうか」

「それはないでしょう」

「たしかに、双子であれば、もっと早くにわかっているだろう」

「はあ」

「まさか、旦那が、内情を知っていて、わしを試したということはないよな？」

桃太郎は疑問の矛先を変えた。

「ええっ」

「あるいは、薄々感じていて、わしに千光休の思惑でもさぐらせたかったか？」

桃太郎は探りを入れている。

「いったい、何をおっしゃっているのかわかりません。誓って、わたしは純粋に愛坂さまの謎解きを期待しただけでして」

「そうだよな」

どう見ても、そうなのである。

「では、わしの推測を言う」

「はい」

「あの清貧流の家元鴨貧居と、黄金流の家元千光休は、おそらく同じ人物」

「……！」

仰天のあまり、旦那は言葉も出ない。

「一見したところ、見た目はずいぶん違うようだったが、思い出してみると、声も身体つきもそっくりだった」

「……」

「路地は違っても、二つの茶室はじつは隣り合わせのようなものだ。光休はわしらより早く、あのボロボロの茶室に移動できてしまう」

「……」

「わしも驚いた」

旦那もしばらく考えて、

「言われてみれば、そんな気がしてきました。どういうことでしょう？」

かすれた声で訊いた。

「わしも、そこがわからんのだ」

ここへ来るまでも、そのわけをずっと考えてきた。

# 八

桃太郎はまたも考えている。

瀬戸重に、ヒビの入った茶道の名器が欲しいと言ってきたのは誰なのか。清貧流の鴨貧居が使っていたから、あいつか、あいつの弟子あたりと考えれば、それで納得がいく。最初の謎はそれで決着がついた。

だが、千光休と鴨貧居が同一人物となると、謎はぐっと深まってしまうのだ。

――千光休は、新たな流派で、弟子でも増やそうというのか。しかし、そんなことはいずればれてしまうし、逆に弟子が離れてしまうのではないか……。

考え込んでいると、ちょうど二階から宴を終えた客たちが下りて来て、玄関のあたりが騒がしくなった。

客が四人、芸者は三人である。

「じゃあ、旦那、ごちそうさま」

「楽しかったわ」

「今年もいっぱいよろしくね」

芸者たちが先に帰って行くと、客のほうはひどく疲れたような顔になった。

「ほかで飲み直すか」

「そうしよう」

と、相談もまとまり、いちばん年長の男が帳場に来て、

「女将。勘定を頼む」

と、言った。

「はい、ただいま」

こういうときも、ここの旦那は出て行かない。極端な照れ屋なのだろう。そっと襖の陰に隠れたりするので、桃太郎はそのようすがおかしく苦笑してしまった。

勘定の計算を待ちながら、

「まったく珠子も蟹丸も呼べないお座敷なんて、日本橋のお座敷とは言えねえぜ」

と、年配の客が言った。

「はい」

「まだ、連絡は取れねえのかい？」

「そうなんですよ」

女将はそろばんをはじきながらうなずいた。

「ふうん。まさか、芸者をやめるなんてえんじゃねえだろうな」

「それはないと思いますが」

「そうなったら、おれたちは、深川あたりに河岸を変えちまうぜ」

「まあ、そう、おっしゃらずに」

女将がなだめた。

「それにしても、近ごろの芸者はひどいね。客を楽しませようという気なんかないんじゃないのか。今日来てた馬奴《うまやっこ》っていうのか、あれなんか器量こそ悪くないけど、手酌で酒がぶがぶ飲んで、客になんか面白い話はないか、とか訊くんだぜ。芸者のほうが面白い話を用意しとくべきだろうが」

「まあ、そうなんですか」

「馬奴だけじゃない。熊奴《くまやっこ》もそうだし、虎丸《とらまる》にいたっては、しまいには座敷であぐらかいてたぞ」

「あらあら」

「唄だって、いくつ唄えるのかね。客が聴きたいってのはまず、唄えないな。それで、季節外れの夏の唄なんか聞かされるんだ。なにが雷ぴかりんこだよ」

「それはひどいですね」

「そこへいくと、珠子と蟹丸は素晴らしかったね」

「皆さん、そうおっしゃいますよね」

「珠子のあの喉で、二、三曲も聴いてみなよ。もう酒の味は百倍うまくなるし、季節の情緒にとっぷりはまり、ああ、おれはこのままここで死んじまってもいいやって、それくらい思うんだぜ」

「まあ」

「蟹丸のほうは、珠子に比べたら、そりゃあ芸は劣るよ。でも、なんて言うのか、あいつには天性の明るさというか愛嬌《あいきよう》があって、こっちも気分が明るくなるんだよ。嫌なことも忘れ、よし、明日からまた頑張ろうってな」

「ええ、よくわかります」

「まったくあの二人は日本橋の宝だな。いったい、どうしたんだよ。珠子だってまだまだあと五年はやれるし、蟹丸にいたっては十年以上いけるぜ。もう、引退なんてぜったいさせないって、女将からも言っといておくれ」

「わかりました」

「ほんと、正月から火が消えたみたいだよ」

客は、さんざん愚痴って帰って行った。

「聞きましたか、いまの話？」

と、旦那が訊いた。

「ああ」

「あの人だけじゃないですよ。もう、一日になんべんも珠子と蟹丸のことを訊かれるんです」

「そうなのか。それほど、あの二人は人気者だったんだな」

桃太郎も痛感した。

ただ、二人がお座敷を控えているのは、桃太郎のせいではない。少なくとも、珠子のほうは。蟹丸だって、桃太郎が責任を感じるほどではないだろう。

早く東海屋の件をなんとかしてやりたいが、しかしこれも、桃太郎一人の力ではどうにもならず、下手に関われば、桃子を危ないことに巻き込むだけなのである。

「ふう」

と、ため息を一つついて、考えを元にもどした。

なぜ、黄金流の千光休は、わざわざ一人二役を演じ、互いを敵視し合うようなことをしなければならなかったのか。

旦那が用意してくれたお茶をごくりと飲んだ。

――ん？

清貧流でも、茶は使う。茶はどんどん売れる。

「黄金流も清貧流も、使っている茶は同じだよな？」

「ええ。同じでしょうな」

「あの茶はどこで仕入れるんだ？」

「そりゃあ、ここらは皆、七条屋《しちじょうや》さんのものでしょう。茶の湯のお茶は、京から入って来る七条屋さんがいちばんと言われてますし」

「七条屋と千光休は親しいのかい？」

「親しいですね。親友と言ってもいいくらいです」

「それでわかった」

「わかった？」

「一人二役の裏にいる者だよ」

「まさか」

「ああ。七条屋だ。黄金流でも儲かってはいただろう。だが、頭打ちだ。茶をもっと売りたい。そういうときは、黄金流とは正反対の茶の湯を流行《はや》らせ、話題を作り、弟子を増やす。まったく、商人というのはよく考えるよな」

「……」

「誰が得するのかを考えれば、答えは見つかるんだ」

「ううむ」

旦那は唸《うな》った。

「だが、七条屋はしそうにないんだ？」

と、桃太郎は訊いた。

「あの人は、日本橋全体、いや、江戸の商業全体のことまで考えるような人でしてね。元々のお茶の商いについては、茶の質のよさは折り紙付きですから、商売が傾く心配などないはずです。それが、儲けるために、千光休と組んでねえ」

旦那は腕組みして考え込み、

「ですが、愛坂さまの推論も、たしかに腑に落ちますな。ううむ」

旦那は頭をかきむしる。

「当たっているかどうかは、わしには確かめようがない」

「はい。それは、わたしが」

「それに、これは、謎解きだけで解決できるようなことでもなさそうだしな」

「商人の世界のことですな」

桃太郎はここで切り上げ、帰ることにした。

## 九

江戸橋を渡って帰って来ると、橋のたもとにまたあの夜鳴きそば屋が出ていた。

百川の旦那から、せめて晩飯を食べて行ってくれと言われたのを、断わってきたのである。腹は減ってきている。

だが、晩飯の米の飯やそばは、できるだけ少なくしたい。

「よう」

屋台の前に立った。

「おや、この前の旦那。今日もそばは半分ですか？」

「今日はそばも我慢する」

「え？」

「ぬきはできるかい？」

ぬきというのは、そば屋で一杯飲むとき、酒の肴《さかな》にするのに、天ぷらそばのそば抜きを頼むことがあり、それのことである。

「酒はやってませんが？」

「うん、酒はいいんだ」

「そりゃあ、やれと言われれば」

「今日も、エビとイカかい？」

「それとアナゴも揚げてますが」

「いいねえ。じゃあ、エビを二本に、アナゴとイカを。ツユは少なめでかまわぬぞ」

「へい」

こんな注文は初めてだというような顔で、若いあるじは天ぷらを盛ったどんぶりを出した。

ところが、こうして食うのもなかなか乙である。ツユが熱いから、冷めた天ぷらも気にならない。

「うん。うまかったぞ」

「なんだか天ぷら屋に鞍替《くらが》えしたみたいです」

そばの分も代金を足してやって支払いを済ますと、桃太郎は広小路を横切り、海賊橋を渡った。卯右衛門のそば屋はすでに閉まっている。右手にある辻番は、左手にある丹後田辺藩《たんごたなべはん》邸が出しているもので、顔見知りの若い武士が、桃太郎に軽く会釈をした。

「うむ」

桃太郎も、軽く笑みを返したそのときである。

坂本町の入り口のほうから、一人の武士がつつっと桃太郎のほうに向かって来た。

――ん？

殺気を感じた。

手はかじかんでいない。天ぷらを食べたばかりで、寒さもさほどではない。

足を止め、手を刀に添えた。

「愛坂桃太郎か？」

武士が硬い声で訊いた。

「そうだが」

答えた途端、

「ちゃあ」

掛け声とともに、剣が抜き放たれた。

月は昨夜よりふくらんだが、雲が薄くかかっている。しかし、ここは海賊橋のたもと。常夜灯に加え、辻番の明かりもあれば、丹後田辺藩邸の門のわきの小屋から洩れる明かりもある。

桃太郎は充分に相手の剣と動きを見切った。

自分も剣を抜きながら、わずかに重心を後ろにそらせ、相手の剣の切っ先を逃れた——かに思ったが、想像したより相手の剣は伸びた。

がきっ。

腹に衝撃がきた。

念のため、鎖帷子を着込んでいてよかった。

相手が払った腕を追いかけるようにして、桃太郎は剣の先で、その腕を軽く斬った。骨までは斬らない。が、筋の何本かは断った。

「ううっ」

相手の剣が落ちた。

「どうなさった！」

辻番から見張りの武士が二人、飛び出して来た。片方は、かなりの年配である。

「いや、突然、この者が」

桃太郎は答えながら、相手の喉元に刃を当てた。まだ、抵抗する気配はあった。

「なんと。お知り合いか？」

「いや」

そう言って、相手の顔を見た。

歳のころは四十くらいか。月代《さかやき》は伸び、無精髭《ぶしょうひげ》もあり、見るからに浪人者である。酒の臭いもしている。

「誰に頼まれた？」

桃太郎は訊いた。

「知らぬ者だ」

浪人者は言った。

「武士か？」

「いや」

「町人に金で、わしを斬れとな」

「……」

浪人者の顔が歪んだ。情けなさがこみ上げているのかもしれない。

「いくらだった？」

桃太郎を斬ったときの礼金の額である。

「……」

言えば、この男は自分の剣の腕につけられた値の安さに、そして桃太郎もおのれの命につけられた値を知って、きっと侘《わび》しくなることだろう。

「とりあえず、向こうの番屋に押し込みましょう」

と、辻番の武士が言った。

「そうしてくれるか」

浪人者の扱いは、町方の範疇《はんちゅう》になる。明日、見回りに来た雨宮に引き渡されるだろう。だが、いくら問い質しても、頼んだ男のことなどわからないのだ。

——それにしても、誰が？

まさか、日本橋界隈の茶の湯がらみのことなのか。また、新たに敵を増やしてしまったのか。

だとしたら、自分は相当、この世のなかそのものに落胆し、うんざりしてしまうだろうと思った。

十

翌日の夕方——。

桃太郎が湯から帰って来ると、長屋の前で若い男が待っていた。百川の若い衆で、旦那からの伝言を持ってきたのだ。

「ご招待かい？」

桃太郎は苦笑して訊いた。

「はい」

「来ると思ったよ」

「そうなので」

「だが、生憎だが、わしは遠慮するよ」

「え」

若い衆は、まさか断わられるとは、思ってもみなかったらしい。

「うまい酒や、うまいものは、身体のために控えているのだ。そのかわり、日本橋の上で会おうと伝えてくれ」

東海屋千吉と、目玉の三次の真似である。

「立ち話ですか……」

と、若い衆は驚いてもどって行った。

それから半刻(一時間)後――。

百川の旦那は、桃太郎の求めに応じてくれていた。

陽は落ちて、日本橋の上の人通りも、ずいぶん少なくなっている。

「愛坂さまをうちの飯ごときで懐柔しようなんて思っておりませんよ」

と、百川の旦那は、肩をすくめるようにして言った。

「いや。ほんとに、うまい飯を控えているんだよ。百川のお膳を前にしたら、どうしたって箸をつけてしまうだろうよ」

「そうなので」

「長生きしたいんだろうな」

　武士の言うことではないだろう。

「それはそうでしょう」

「可愛い孫が一人前の娘になるところが見たくてさ」

　それが本音である。

「たしかに粗食のほうが長生きするとは聞いたことがあります。南町奉行をなさっていた根岸肥前守《ねぎしひぜんのかみ》さまの『耳袋《みみぶくろ》』にも、そうしたことが書いてありましたな」

　と、百川の旦那は言った。

「やっぱり」

「あたしも、うちの飯はほとんど食べません」

「ほう」

　だが、そんなものだろうと、桃太郎は思った。

「それで、こちらですが」

　と、百川の旦那は振り返った。

「茶問屋〈七条屋〉のあるじ、仙左衛門《せんざえもん》です」

　後ろにいた男が、深々と頭を下げた。

小柄で、色の白い、上方《かみがた》で以前、役者をしてまして、といった顔立ちである。

「ま、堅苦しい挨拶はやめておこうよ」

と、桃太郎は制した。

「はい。愛坂さまがすべて見破られたと、百川さんから聞きました」

「いやあ、当てずっぽうだ。当たったかどうかは」

「当たってます」

と、七条屋は言った。

「ほう」

「わたしと、千光休さんと二人で考えたことです」

「よくも考えたもんだよな」

そこは正直、感心している。芝居だったら、かなり面白いものに仕上がるのではないか。

「わたしの商売のためだけではないんです」

「でも、茶が売れたら儲かるだろうが」

「茶会を増やしたかったのです」

「茶会をな」

「お座敷が少なくなってます。日本橋の夜が寂しくなってきてるのです」

七条屋は、訴えるように言った。

「そうなのかい」

「そりゃあ、日本橋芸者の花といっていい珠子と蟹丸が出てないんですから」

「たった二人の芸者のせいで？」

不満はあっても、お座敷自体が少なくなっているとは思わなかった。

「それはそうです。相撲《すもう》の場所で、大関二人が欠場するとなったら、客の入りも悪くなるでしょう。あの二人はまさにそうなんです」

百川の旦那もうなずいて、

「愛坂さま。七条屋さんの言うことは本当ですよ。うちも、お座敷が激減してまして。茶会のほうで使ってもらえたらありがたいんです。黄金流でも清貧流でも、お茶のあとは食事をいたしますので」

「なるほどなあ」

桃太郎は唸った。

珠子と蟹丸のことが、回り回ったのである。

こういう裏事情が明らかになると、桃太郎もつらい。

「それで？」

先を促した。

「ご内密にお願いしたいのです。七条屋さんの考えたことは」

と、百川の旦那が言った。

「ああ、わしはなにも知らないよ」

「ありがとうございます。つまらぬお礼はいたしませんが、愛坂さまに重大な危機が訪れたときは、日本橋の旦那衆が全力をあげてお助けいたします」

百川の旦那がそう言うと、七条屋も大きくうなずいた。

「そんなことは来ないでもらいたいがな」

桃太郎は苦笑し、

――やはり、昨夜の襲撃はこっちの筋ではない。東海屋と仔犬の音吉の筋だったのだ。

と、思った。

連中は、金で刺客まで雇い始めた。

だとすると、ますます桃子といっしょにいることはできないのだった。

## 十一

長屋にもどると、あとを追いかけるように、置屋のおかみ二人が駆け込んで来て、珠子の家の前に立った。

「珠ちゃん、大変」

なにごとかと、桃太郎もつい、おかみたちの後ろに立ってしまう。

「あら、おかあさんたち、どうしたの？」

「蟹丸がいないの」

「え」

「ここに来てないよね？」

「来てませんよ」

蟹丸の行方《ゆくえ》がわからなくなったらしい。

そこへ雨宮五十郎たちも顔を出した。歩いているところをおかみ二人に追い抜かれたそうで、なにごとかとついて来たらしい。

「蟹丸がいない？」

雨宮も心配そうな顔をした。

まさか、東海屋と関係があるのか。

「蟹丸は母親といっしょに住んでいるのか？」

と、桃太郎は訊いた。

「いえ。お座敷で帰りが遅くなったりするので、いまはうちの近くの小さな一軒家に住まわせていたんです。ただ、芸者をやめると言い出してからは、おっかさんのところと行ったり来たりしてたみたいですが、そのおっかさんのところにも来てないって」

蟹丸の置屋のおかみは言った。

「おじじさま。住まいを見ると、蟹丸がなにをしようとしてるのか、わかったりするのでは？」

と、珠子が言った。

「ううむ。わかるときもあれば、わからぬときもあるだろう。それは見てみないと、なんとも言えぬわな」

「愛坂さま。見に行きましょう」

と、雨宮が言った。

「おじじさま」

珠子が懇願するような目で桃太郎を見た。

「じいじ」

桃子まで、同じような目で言った。

「では、見て来るか」

桃太郎は、おかみ二人に雨宮たちと、蟹丸の家に向かうことにした。われながら、

――こんな忙しいじじいがいるかね。

と、呆れる思いである。

「ここです」

坂本町からもそう遠くはない。西堀留川《にしほりどめがわ》沿い伊勢町の路地を入ったところである。

「へえ」

雨宮が興味津々という目で家を見た。

人気絶頂の若くて可愛い芸者は、どんなところに住んでいるのかという露骨な

好奇心が剝き出しになった顔である。

「余計なところまでは見なくていいぞ」

と、桃太郎はたしなめた。

「はあ」

雨宮は、恥ずかしそうに顔をしかめた。

「あれ？　又蔵はどうした？」

桃太郎は訊いた。

さっきまでいっしょだった岡っ引きの又蔵がいなくなっている。

「あ、ほんとだ。なあに、息でも切らして休んでるのでしょう。そのうち来ますよ」

あんなやつのことはどうでもいいと言いたげである。

置屋のおかみが先に入り、ざっと見回してから、

「どうぞ、ご覧になって」

と、桃太郎を招き入れた。

なるほどほんとに小さな一軒家である。

二階はなく、手前に四畳半、奥に六畳。突き当たったところに土間があり、台

所になっているらしい。周囲は二階建てが多いので、陽はほとんど差さないだろう。だが、湿っぽい感じはしない。

桃太郎はおずおずとなかに入った。

いい匂いがする。それは、髪油《かみあぶら》とか匂い袋とか、香料を使った匂いだけではない。若くて瑞々《みずみず》しい娘の、生命力に溢れた匂いなのだろう。

「書き置きなどはありませんでした」

と、おかみが言った。

「そうか」

いま、出て行ったばかりという気配の部屋である。

脱いだ着物を、衣紋掛《えもんか》けにきちんと掛けていなかったり、足袋《たび》が脱ぎっぱなしになっていたり、若い娘らしい、多少だらしないようすもある。そのくせ、集めたらしい猫の置物が、茶簞笥《ちゃだんす》の上にきちんと並べられている。

やはりふつうの娘よりははるかに多い着物と帯。

細工が細かい鏡台。

鴨居《かもい》には縁起物の熊手《くまで》。

湯島天神《ゆしまてんじん》のお札。

そうした佇まいをざっと見て、
「いやあ、わからんな」
正直な感想である。
だが、言った途端、桃太郎の胸に大きな寂寥感《せきりょうかん》がこみ上げてきた。
ここを出て行くとき、もしかしたら蟹丸はつぶやいたかもしれない。
「やっぱり、愛坂さまも頼りにならない」と。
若い娘が怯えながら、あてどない気持ちでここから逃げて行ったのだ。
急に風が強まったらしく、路地がひゅうひゅうと音を立てている。

# 第四章　誰だっけ？

## 一

夕方近くなったころである。

「おう、ここだったか」

戸口に立った男を見て、桃太郎も朝比奈もびっくり仰天した。

「み、水戸部さん！」

正月に具合が悪いというので見舞いに行ったら惚けていたので、いささか衝撃を受けて帰って来た、その水戸部金吾が立っているではないか。しかも、かつて見たことのない、柔らかい笑顔を見せて。

「やっと探し当てた。疲れたぞ。ちと、茶の一杯も飲ませてくれ」

「あ、はい、いま」

と、朝比奈は唖然としながら茶のしたくを始めた。

「よく、ここがわかりましたな」

桃太郎が訊いた。

「それは語るも涙の物語さ」

「そうなので」

水戸部は昔からよく、こういう大袈裟な物言いをした。

「まず、そなたたちが帰ったあとすぐに、そなたたちは甥っ子ではない、わしが目付をしていたときの後輩たちだということを思い出した」

「思い出してくれましたか」

「ああ。ところが、名前が思い出せないのだ。いや、下の名は思い出した。桃太郎と留三郎だったな」

「ええ」

「だが、いくら考えても、上の名が思い出せない。屋敷の場所も思い出せない。もっとも屋敷は昔だって知らなかったかもしれんがな」

「たぶん」

「追いかけて、昔話をしたかったが、それでは訪ねようがない。そのとき、そなたたちが手土産に持って来てくれたものを見た」

「ああ」

「青物町銘菓〈人参煎餅《にんじんせんべい》〉と包み紙にあった」

「はい」

海賊橋を渡ってすぐのところにある老舗《しにせ》菓子屋の品である。人参を練り込んだ赤い色をした煎餅で、病人の見舞いにいいと定評があるのだ。もっとも、それがいいと言ったのは、桃太郎ではなく朝比奈だったが。

「すぐに、その煎餅屋を訪ねた」

「ははあ」

「その日の朝、武士の二人連れが買いに来なかったかと訊くと、店のしょぼくれたようなあるじは、来たというではないか。人相を言うと、それも一致した」

「そうでしたか」

うなずいて、桃太郎はちょうど茶を淹れてきた朝比奈を見た。表情に、この人は本当に惚けているのか、あのときは惚けたふりで我々をからかったのではないか――そういう疑念を込めた。

朝比奈はその答えを探すように、真剣に水戸部を見つめている。

「しかも、片方はこの界隈では有名な人で、お武家さまなのによく孫を背中に背負ってうろうろする人だと、そんなことをぬかした」

「………」

まったく、あの菓子屋も余計なことを言うものである。

「わしが、武士がそんなことをするわけがないと言うと、いや、なさってるんだと。本当か？　どっちがしてるんだ？」

水戸部は取り調べみたいな口調で訊いた。

「いや、まあ、わたしがたまさか」

と、桃太郎は言った。

「やはり、そなたか。それで、住まいはわかるかと訊くと、どうも海賊橋の向こうの町人地にいるらしいと」

「………」

「旗本なのに町人地に？　と、訊いたら、わけは知りませんと」

「きっかけは、火事だったのですが」

桃太郎は小さな声で言った。

「それから、わしは正月の三日からいままで、南茅場町《みなみかやばちよう》から始めて、この坂本町まで、一軒ずつしらみつぶしに調べて、やっと辿《たど》りついたというわけさ。どうだ、聞くも涙、語るも涙の物語だろう」

「ほんとですね」

あれからすでに二十日ほど経つ。水戸部が毎日、ここらに来ていたと思うと、なんだか薄気味悪い感じがする。

「それで、そなたたちの名前は、なんといったかな？」

水戸部は改まったように訊いた。

「愛坂です。愛坂桃太郎です」

「そうだった」

「朝比奈留三郎です」

「そうだ、そうだ」

水戸部は、朝比奈の淹れた茶をうまそうにすすった。

「いやあ、そんなご苦労をなさっていたとは知りませんでした」

と、桃太郎は言った。

「なあに、歩くのは身体にも頭にもいいのだ」

「頭にも……」

少なくとも身体にはいい。毎日、麴町からここまで来て、町人地を一軒ずつ見て回るなど、よほど体力がないとできない。

「わしらは、惚けぬように気をつけないとな」

「ええ、そうです」

泥棒から説教されているような気分に近い。

「ときどき、物忘れをしたときなど、惚けたんじゃないかと不安になったりする」

「……」

「医者が言っておったが、飯の食い過ぎはよくないらしいぞ」

「ああ、それは、わたしたちが知っている医者も言ってました」

「わしがかかっているのは、有名な南蛮医でな、そなたたちがかかるような医師とは格が違うぞ。名はシーボルトというのだ」

「シーボルト？」

かつて長崎にいたが、すでに国へ帰ってしまったはずである。

「いまは、偽名を使って、日本人になりすましているが、笹井《ささい》水庵《すいあん》というのだ」

やはり惚けている。でなかったら、水戸部ではなくこっちが惚けていて、この世のありさまがちゃんとわかっていないのだろう。

「また、来る。よいかな」

水戸部は立ち上がった。

やっと探し当てた割には、さっぱりしたものである。

「どうぞ」

とは言ったが、なんのために来るのか、不安な気もする。

「それまでに、昔話の五つや六つは思い出しておくぞ」

そう言って外に出たが、玄関口で足を止めた。

「どうなさいました？」

水戸部は額に手を当てて言った。

「あれ？　わしの家はどこだったかな？」

## 二

家を忘れたらしく、桃太郎と朝比奈は驚いたが、中間を一人連れて来ていて、伴われて麹町の自宅に帰って行った。

「驚いたな」

「あれをまだら惚けというのかな」

「だが、治る可能性もないわけではなさそうだぞ」

「うん。飯はよくないと言っていたしな」

「シーボルトがな」

真面目に言ったときの顔を思い出すと、背筋が寒くなる。

それから半刻ほどして——。

「桃。番屋から人が来たぞ」

と、下で朝比奈が呼んだ。

「番屋から？」

下りて行くと、奉行所から来ている中間がいた。警戒のために、雨宮が回してくれた奉行所の中間である。二人が二交代で、昼夜の別なく詰めていてくれる。

立っているのは、そのうちの痩せて精悍《せいかん》そうなほうである。

「ご苦労さん。どうかしたかい？」

「ええ。じつは、先ほど、番屋に来た者がいて、愛坂さまのことを訊いたんです」

「わしのことを」

「ここらに、元お目付で、長屋暮らしをしている酔狂なお侍がいるらしいですね、と言うんです」

「なるほど」

事情を知らない者からしたら、酔狂以外のなにものでもないだろう。

「わたしが、お前はなんだと訊きますと、いや、高い薬も買ってくれるかもしれないと思ってと言うんです」

「高い薬？」

「薬の行商をしていると言うんです。そんな話を誰に聞いたんだと訊きますと、向こうの水茶屋《みずぢゃや》だと。たまたまいっしょになった客が、訪ねてみたら、と勧めたんだそうです」

「いちおう持っていた箱の中身も確かめましたが、ちゃんと売薬《ばいやく》がいっぱい入っていました。それでも、面つきが行商をやるやつに見えないんです。あの顔じゃ、客が怖がって、薬なんか買わないでしょう。あれは、こそ泥かやくざの顔です」

「ふうむ」

「それで、愛坂さまのお住まいを知りたそうにするので、お前、怪しいな、ちょっとなかへ入れと番屋に入れようとしたのですが、サッと身をひるがえすと、たちまち海賊橋のほうに逃げてしまいまして」

「やくざ……」

「陽も落ちかけていて、橋の上も混雑していたもので、大声も上げたのですが、見失ってしまいました。だが、顔は覚えていますので、また見かけたら、今度はかならずとっ捕まえておきますので」

「逃げた……」

「そうか」

気になる話である。

「しばらく、この路地を見張りましょうか？」

と、中間は申し訳なさそうに訊いた。

「なあに、そこまでしなくてもいいだろう」

と言いながら、桃太郎は外に出て、中間といっしょに周囲を見回した。

別に怪しい者も、気配も窺えない。

ただ寒いだけの空気。

「海賊橋のほうにな」

そう言いながら、さらに海賊橋のたもとに来た。

すでに陽は完全に落ちてしまい、宵闇《よいやみ》に包まれている。

「わざわざ、悪かったな。これで、帰りに一杯やってくれ」

少し握らせて、中間にはもどってもらった。

この晩は、九つ（夜十二時）近くまで周囲を歩き回り、夜中もしばしば起きて、二階から路地のあたりを見やった。

だが、怪しい者は見つからなかった。

三

翌日の昼過ぎである。

桃太郎が卯右衛門のそば屋からもどって来ると、朝比奈が家の前で妙な顔をしている。

手には桶《おけ》を持っている。湯に行ってきたのかと思ったが、髪も濡れておらず、顔が脂っぽい。これから行くにしては、なにか変である。

「どうした？」

と、桃太郎は訊いた。

「桃。気をつけたほうがいいな」

眉をひそめ、鋭くなった目で、朝比奈は言った。

「なんだ？」

「湯屋で、桃に間違えられて、変なやつに脅された」

「なに？」

「わしが湯屋に入って、着物を脱ぎ、湯に入ろうとすると、まだ着物を着ていた男が、わしに耳打ちしたのだ」

「なんと？」

「愛坂さま。おとなしくされていたほうがよろしいですよ、と」

「ほう」

「桃の顔は知らないのだ」

「うむ」

「この路地を見張り、出て行くところから跡をつけたのだろうな」

「なるほど。それで、どうした？」

桃太郎は先を促した。朝比奈の話は、順番が乱れるところがある。

「なんだ、きさまは？　と、問い質そうとしたが、そいつはあっという間に外に出て行ってしまってな。わしは素っ裸だから、追いかけることもできぬ」

「そうか」

桃太郎なら、素っ裸で追いかけただろう。

「それで、番台のおやじに、いま出て行ったやつは近所の者かと訊いたのだ」

「ああ」

「すると、初めて見たやつだと。ちょっと、伝言したらすぐ帰るからと言って、湯銭《ゆせん》も払わなかったんだそうだ。なんだか、やくざみたいな男でしたねと」

「やくざみたいなか」

中間が見失った薬屋と、同じ男だろうか。

「桃が昼飯を食うのに出かけたのは知っていたが、珠子さんのことが心配になってな。急いで着物を着てもどって来たが、特段、変わったことはないらしい」

「それはすまなかった」

「どうする、桃？」

朝比奈には、いままでのことも詳しく話しておいた。自分の身より、桃子の無事を心配していることもわかっている。

「そやつは、おとなしくしろと言ったのだろう。おとなしくしているさ」

「まあ、珠子さんもお座敷には出てないし、わしらがここにいれば大丈夫だろうが」

近ごろは、桃子が桃太郎の孫と気づかれるのも恐れて、珠子の家にもできるだけ行かないようにしている。

「そうだよな」

とは言っても、桃太郎の気持ちの底から不安がこみ上げる。

足元が揺らぐような気もしてきた。

四

さらに翌日である。

昼飯を食うのに、あまり遠くに行かずに済むので、結局、大家の卯右衛門のそば屋にやって来た。雲が分厚く、昼から薄暗いので、

「雪でも降ってきそうだな」

と、話しかけると、

「旦那は誰でしたっけ？」

卯右衛門はしらばくれたような顔で言った。

——おい、こいつも惚けたのか？

と、一瞬思ったが、すばやく店のなかを見た。

桃太郎が座った縁台の斜め前に、人相の悪い男がいて、そばをすすっている。人の倍ほどもある顔のなかに、やけに薄い眉、目、鼻、唇といった造作がおさまっている。一目見て異相《いそう》である。

「ま、わからなくてもしょうがないか。ふた月ほど前に一度来ただけだからな」

と、桃太郎はとぼけた口調で言った。

「あ、なるほどね」

卯右衛門はそっけなく、桃太郎から遠ざかった。

「天ざる」

と、注文し、ようすを窺う。

卯右衛門は男の後ろに立ち、なにやら口をぱくぱくさせ、男を、次に桃太郎を指差したりしている。

しぐさから判断するに、どうも男が桃太郎のことを訊いていたらしい。

桃太郎は、わかったとうなずいた。

男はもうすぐそばを食べ終えそうである。

桃太郎の頼んだ天ざるはやっと出てきた。こういうものを食うときは、天ぷらを先に食って、そばはゆっくり食うのがいいらしい。

だが、いまはそれどころではない。

エビ二本をいっしょに食べ、そばは二口ですすり込んだ。以前から呆れられていた、卯右衛門がほかに見たことがないという早わざである。

男が勘定を縁台に置き、席を立った。

卯右衛門がすばやくやって来て、

「いまの男、愛坂さまのことを根掘り葉掘り訊いてました」

と、言った。

「わしの名は知っていたのか？」

「愛坂というお武家と言ってました。住まいもすでに知っているみたいだったので、あたしは愛坂さまはこの正月に引っ越したはずだな、と言っておきました」

「わかった」

と、桃太郎は男を追ってそば屋を出た。

男は、桃太郎の長屋のほうを眺めていたが、やがて路地に向かって歩き出した。

路地に入る前に、

「おい」

桃太郎は声をかけた。

咄嗟《とっさ》になにかしたら、小柄《こづか》を放つつもりである。昼は鎖帷子は着ていないが、こんな男に後れを取るほど落ちぶれてはいない。

「はあ」

男はこっちを見た。

顔に緊張がない。異相ではあるが、凶悪さは感じない。

「愛坂桃太郎だ」

いきなり名乗った。

「あなたが」

と、嬉しそうに笑った。

どうも調子がおかしい。

「そば屋でわしのことを訊いていたらしいな」

「あ、はい」

「なにゆえに？」

「謎解きを得意とする元お目付がいらっしゃるということを聞きまして。じっは、あっしは戯作《げさく》を書いている風々亭乱舞《ふうふうていらんぶ》という者ですが、そういう年寄りを主役にした戯作を書きたいと思ってました」

「戯作者……」

やくざとはまた別のろくでなしが現われたらしい。

たしかに、やくざの顔ではない。戯作者面なのだろう、好奇心だの、邪推だの、名誉欲だの、頓珍漢《とんちんかん》な批評精神だのが窺え、それでこういう異相になるのだと想像できる。

「ぜひとも参考になるお話を聞けないものかと」

「そなた、昨日もここらにいたか？」

もしかして、湯屋で朝比奈を脅したのも、こいつかもしれない。

「いえ、昨日はずっと神田《かんだ》の家にいましたが」

「一昨日、薬屋のふりはしてなかったか？」

「薬屋？　なんのことでしょう？」

こいつではない。中間や朝比奈に確かめることもできるが、そこまでする必要もないだろう。

「戯作にできるような話はないな。帰ってくれ」

と、桃太郎は手で払うようにした。

「でも、斬り合いなどもずいぶん体験されているとかで」

「そんなに体験していたら、いまごろは死んでいるよ。戯作になる話などないから、もうここらには二度と近づかないでくれ」

「はあ」

権幕《けんまく》に押され、戯作者は背を向けたが、

「ちと、待て」

桃太郎が呼び止めた。

疑問が浮かんだのだ。

「そなた、わしのことをどこで聞いた?」

「飲み屋です。行きつけの」

「飲み屋?」

「箱崎にあるんです。よく、そこのおやじと話して、聞いた話をネタにするんですが、客の一人が教えてくれたんですよ。こういう面白いお武家がいると」

「その店の常連か?」

「いや、おやじも初めての客だとは言ってましたが」

「ふうむ」

この戯作者は、操られたのか。

湯屋で、朝比奈を脅した者はともかく、番屋で桃太郎のことを訊いた薬屋も、こいつの場合と似ている。

そこらの人相の悪いやつを選んで、うまくけしかけたりして、桃太郎の動きを封じ込めようとしているらしい。

「もう、よい。帰れ」

戯作者を問い詰めても無駄である。

そこへ、卯右衛門がやって来た。

「どうでした？」

「うむ。単にそそのかされただけだな」

「愛坂さまになにかしろと？」

「いや、直接、なにかしろというのではない。わしの周囲をちょろちょろして、見張ってますよと言いたいのだろうな。あわよくば、怯えて気でもふれてくれたら、大喜びなのだろうがな」

「それは、愛坂さまには通用しませんでしょう」

と、卯右衛門は言ったが、じつはじわじわと効いてきている。この脅しはけっこうきつい。やはり、東海屋千吉は、相当な悪党らしい。

# 五

「愛坂さま」

外で、桃太郎を呼ぶ声がした。

雨宮五十郎の声である。

二階の北側にある障子窓を開けると、雪がちらついていて、雨宮と中間の鎌一がこっちを見上げていた。

どちらも寒そうに身を震わせている。

「二人とも上がってくれ」

そう言って、急いで障子窓を閉めた。寒さが、なだれ込んでくる。

「いやあ、あったかいですな」

二階に上がって来た雨宮は、嬉しそうに言った。

「遠慮せず、火鉢にあたってくれ」

桃太郎は、二人に火鉢のそばを勧めた。大量の炭がかんかんに熾《お》きている。

「白湯《さゆ》も勝手に飲んでよいぞ」

「ありがとうございます」

と、鎌一が雨宮の分も入れた。

「又蔵がおらんな？」

桃太郎が訊いた。

「あいつ、風邪をひいたとぬかしてましてね」

雨宮は呆れたように言った。

「そうか」

「馬鹿は風邪なんかひかないはずなんですが」

「あんたも風邪はひかんだろうよ」

「そういえばそうですね。いや、そんなことより、いま、卯右衛門から聞きましたよ。さっき、妙な戯作者がここらに来ていたんだとか？」

「ああ、来てたよ」

「でも、何者かにそそのかされただけなんでしょう？」

「その何者かはわかるわな」

「千吉ですか？」

「あいつ以外におるまい」

「そうですか」

と、雨宮は首をかしげた。

「なんだ？」

「一歩も出ていないんです。箱崎の宿屋から。上役は気乗りじゃなくても、おいらは見張るくらいはしようと、ずっと監視をつけているんですが」

雨宮にしては、賢明な措置である。が、千吉がいましていることは、自分が外に出なくてもできることなのだ。

「もう、わしはなにもせんからな。しばらくはおとなしくしている」

と、桃太郎は言った。

「そうなんですか」

雨宮はがっかりしたような顔をした。

「そもそも、やくざが何人殺されようが、わしには関係ない」

「はあ」

「刺客なら相手になるが、じわじわと遠巻きにして脅しにかかることにしたらしい」

「そうなので」

「だいたい、なぜ、わしがそこまでされねばならぬ。考えたら、おかしな話ではないか」

桃太郎は、憤然《ふんぜん》として言った。

それもこれも、町方のお前らがしっかりしないからだと、そこまで言いたいが、それは我慢した。

「それはやはり、愛坂さまがやくざの手の内を読み過ぎているからでしょう」

「読んでいるとなぜわかる」

「それは……」

雨宮は言いにくそうにした。

「なんだ？」

「どうしたって洩れますからね」

「千吉が手なずけている岡っ引きなどもいるだろうしな」

「それと、ほかにも……」

「あんたが余計なことを？」

「いえ、おいらが言わなくても、上役だの町年寄だの」

「そっちか」

「うちの上役も悪気はないはずなんです」

「悪気がなくても、ひどい目に遭わされるのさ」

「はあ」

「それに、わしだって、千吉や音吉がなにをしようとしているのかは読めてないぞ」

「でも、千吉からしたら、愛坂さまは怖いのでしょうな」

「だいたい、わしがやくざたちとからんだ件は何だった？」

年末年始の慌ただしいなかで起きていたことで、桃太郎も忘れつつある。水戸部金吾のことなどもあって、覚えが悪くなっているのかもしれない。

「最初は、千吉の弟の重吉《しげきち》がバクチの揉めごとで殺された件でしょう」

「そうだったな」

千吉も重吉も、蟹丸のじつの兄である。放ってはおけなかった。

「あのとき、愛坂さまはやくざになりすまして、千吉の賭場に行かれましたな」

「ああ」

いまも千吉が寝込んでいるという箱崎の宿屋である。

「それで、結局、下手人を見つけ、捕縛にまで力を貸していただきました」

「うん」

思えば、余計なことに首を突っ込んでしまったのかもしれない。

「大銀杏《おおいちょう》の松五郎《まつごろう》殺しが次ですね」

「あれか」

松五郎は、元相撲取りの巨漢で、無敵を誇っていた。それが、一対一の決闘で、千吉に負けたというのだった。

「いちおう松五郎は、目玉の三次側の思惑で、病《やまい》で死んだことになっています」

「そうだろう」

「でも、愛坂さまが地蔵に目をつけたりして、千吉が殺したと見破りました。地蔵を持ち上げることで、腰を痛めさせ、さらに昔学んだ鍼《はり》も使ったのだろうと。あらかじめ痛めつけて、決闘に及んだのですから、殺しといっしょですよね。それを見破ったことは夜鳴きそば屋の三津蔵《みつぞう》も聞いてますし、おいらも上役には報告しています」

「なるほど」

どっちから千吉に洩れても不思議はないのだ。おそらく、脅しに弱い三津蔵から洩れたのだろう。

「それで、狼の定が殺されています」

「変装していた件か」

「ええ。下手人はまだ上がっていませんが、愛坂さまは変装の謎をつきとめた。それは、岡っ引きの喜団次《きだんじ》も知ってます。喜団次はもちろん、愛坂さまを尊敬しているので、こんな凄いことがと、何人かに話したりしたでしょう」

「……」

「そこらがまた、千吉と仔犬の音吉に伝わったとは考えられます」

「そうか」

「それで、鎌倉河岸の佐兵衛殺しですよ」

「着物が裏返しになっていたやつだな」

「愛坂さまは、あの件も下手人に迫り、狼の定殺しの下手人と同じだと推定なさった。いま思うと、あのときの愛坂さまの動きは、仔犬の音吉も見ていたかもしれません」

「そうだろう」

だから、桃太郎はこの路地で、仔犬の音吉に襲われたのだ。

そして、その直前には東海屋千吉が音吉らしい男に刺されるという奇妙なことが起きた。

それは、千吉と音吉が手を組んでいて、狼の定と鎌倉河岸の佐兵衛を殺したということが明らかにされないための狂言《きょうげん》なのかもしれないのだ。

「思えばずいぶん……」

そこで言葉を止めた。

ずいぶん関わってしまっているのだ。

これで、あいつらに警戒するなと言っても無駄かもしれない。

雨宮は、半分、嬉しそうな顔で言った。

「こんなこと、申し上げる立場にはないんですが、愛坂さまは下手なやくざの敵などよりはるかに怖い存在なんですよ」

## 六

この日の夕方である。

ふたたび雨宮が長屋に駆け込んで来た。

「なんで来るんだ。わしはもう、関わらないと言ったではないか」

桃太郎は珍しく色をなして怒った。

「いや、やくざじゃないんです。蟹丸が見つかりました」

「なんだと。どこにいた？」

「それが、又蔵の家に」

「又蔵の？」

「あんな馬鹿が風邪をひくわけがないと、鎌一を見に行かせたんですが……」

雨宮はそこで、中間の鎌一を見た。

「蟹丸姐さんは、豆腐屋の修業をさせられてました」

「豆腐屋の修業？」

わけがわからない。

いちおう珠子にも、蟹丸が見つかったことは伝えた。いっしょに行きたそうにしたが、桃太郎と桃子の関係を見張っている者に知られたくない。

「ここで待っててくれ」

と言い、桃太郎は雨宮とともに又蔵の豆腐屋に向かった。

雪はまだ降っている。大粒の雪ではないがかなり冷えているので、徐々に積もっていくかもしれない。

桃太郎は周囲に気を配りながら歩いた。

だが、人が多く、よほど怪しい恰好でもしていなければ、見極めるのは難しい。

又蔵の豆腐屋は、坂本町からも近い。楓川《もみじがわ》を挟んだ反対側の材木河岸《ざいもくがし》に面している。雨宮が追いかけたスリが、又蔵の豆腐屋の井戸に落ちたことで、商売が流行らなくなり、岡っ引きになった。

ただ、家はそのまま残っていて、周囲からは、

「岡っ引きより、豆腐屋を再開してくれ」

という声が断然多いらしい。

「ここです」

店の板戸が半分だけ開けられている。なかから、豆を煮るふくよかな匂いが洩れてきた。

なかに入ると、蟹丸がいた。前掛けをし、頭に手ぬぐいをかぶっている。一見、町の若いおかみさんだが、際立った愛らしさは隠しようもない。

「愛坂さま」

嬉しそうに微笑んだ。これでは怒れない。

「豆腐屋の修業をさせられているんだと？」

桃太郎は、わきにいる又蔵を睨みながら訊いた。

「させられている？　違いますよ。あたしが頼んだのです」

蟹丸は慌てて言った。

「そうなのか」

「家を飛び出してから、珠子姐さんのところに行こうか、それとも愛坂さまの家にしようかと迷って海賊橋のところにいたとき、この又蔵さんが通りかかって、家は近所というから、だったら匿《かくま》ってと頼んだんです」

珠子がそう言うと、又蔵はこくりとうなずいた。

「それで、来たら、まだ豆腐屋はそのままにしてあるじゃありませんか。あたし、芸者以外のことはなにもわからないし、ふつうの商売のいろはを知ってみたいと思って、豆腐屋の弟子にしてちょうだいと頼んだんですよ」

「そうだったのか」

そういえば、蟹丸がいなくなった騒ぎで、家を見に行ったとき、又蔵がいなくなったことがあった。あれは、皆が騒いでいることを報せに来ていたのではないか。

「それで、お前、蟹丸をどこに寝かせてたんだ？」

と、雨宮がいきなり怒ったように訊いた。

「に、二階ですよ」

「おめえは？」

「あっしは一階の奥の部屋です」

「じゃあ、指一本触れてねえんだな？」

雨宮はしつこく訊いた。

「ええ」

又蔵は哀しげにうなずいた。それは、指一本どころか、全身で触れたかっただろう。

「だが、なぜ、いきなり家を飛び出したんだ？」

と、桃太郎は訊いた。

「兄が来たんです」

「千吉が？　怪我をしているという触れ込みだぞ」

「あんなのぜったいかすり傷ですよ。そりゃあ、晒し布は巻いて、うっすら血を滲ませてましたが、ほんとの怪我なら、夜中に舟を漕《こ》いで、あそこまで来られるわけ、ありませんよ」

「舟でか」

桃太郎はうなずき、雨宮を見た。

「あそこは裏が川ですからね。暗くなってから舟を使ってそっと出られると、わからないかもしれませんね」

雨宮は顔をしかめた。

「それで、千吉はなんだというのだ？」

「大事なお座敷があるから出てくれと」

「誰とどことかは言いません。でも、あたしは嫌だと」

「諦めないだろう？」

「ええ。どうしても出ずにいられなくすることはできるんだって」

「なるほど」

「だから、逃げることにしたんです。とにかく会わないようにしようと」

いなくなったわけは、そんなところだとは思っていた。拉致《らち》されたわけではないのが幸いだった。

「千吉は、わしのことを訊いたりしてなかったか？」

と、桃太郎は訊いた。

「訊いてました」

「どんなことを？」

「愛坂さまはどんなお人だと。あたしが、大好きな方だとは言いませんでした」

「……」

雨宮と又蔵が、羨ましそうに桃太郎を見るのはわかった。

「ずいぶんな切れ者みたいだなとも言ってました。それで、あたしはカッとなって、切れ者なんてもんじゃない。謎解き天狗と呼ばれているくらい、ものごとの裏まで見抜いてしまうのよって」

「……」

それは卯右衛門の受け売りだろう。

「それに、お目付をなさっていたから、愛坂さまに変なことをしたら、お上を敵に回すことになるわよと。しかも、剣の達人だし、酔狂でお長屋暮らしをしていて、町人にも愛坂さまを慕うお人は山ほどいるんだからと」

「そうだったのか」

だが、これで、いろいろ腑に落ちた。

この数日、桃太郎の周囲に出没《しゅつぼつ》して、桃太郎のことを言っていたのは、元目付とか謎解きが得意とか、酔狂で長屋暮らしをしているとか、すべて蟹丸が言ったことばかりなのだ。

しかし、坂本町の界隈で桃太郎が有名なのは、武士のくせに赤ん坊を背中にしょって歩いているためであって、元目付なんてことはほとんど知られていない。

これで、あの連中が、あいだに子分はいるだろうが、東海屋千吉の思惑で動かされたのも明らかになった。

——とりあえず、桃子のことはなにも知らない……。

それで、少しだけホッとした。

「あたし、余計なことを言いましたか?」

蟹丸はシュンとなって訊いた。

「いや。大丈夫だ」

「あたし、まだ、しばらくはここにいます」

蟹丸がそう言うと、又蔵は嬉しそうにニヤリとした。

「うむ。それがいいかもしれぬ」

桃太郎がそう言うと、雨宮は、

「変な気は起こさず、しっかり守れ。おめえはただの護衛だぞ」

と、言った。

「それはそうと、愛坂さま、ちょっと待ってくださいね」

と、蟹丸はいったん奥に入り、豆腐を載せた皿を持ってもどって来た。

「召し上がってみてください」

「え？」

「あたしがつくった豆腐です」

「蟹丸が？」

桃太郎が箸をつけると、

「そんな恐る恐る箸をつけないで」

と、蟹丸は笑った。

口に入れる。

「うむ」

崩さずに口に入れることができた。だが、口のなかでなめらかに溶ける。豆の風味が広がる。

「ふつうの豆腐だ」

それが驚きだった。

「ふつうの豆腐？」

蟹丸は不満げな顔をした。

「いや、うまい。ほんとにあんたがつくったのか？」

わきにいた又蔵を見た。又蔵はうなずき、

「蟹丸姐さんは、勘がいいんですね。最初は教えましたが、もう、完全に一人でつくることができるんです」

「ほう」

「あたし、豆腐屋やれるんですよ」

「やるのか？」

桃太郎は目を瞠《みは》って訊いた。

「ううん。これって、大変な仕事なんですよねえ」

そこまでの気はないらしかった。

## 七

蟹丸が見つかった翌日である。

雪は降りつづいている。案の定、積もり始め、いまは七、八寸ほどになっている。まだ熄《や》む気配はない。

町を歩く人も少ない。

さすがにこんな日は、やくざも閉じ籠《こ》もって、せいぜいサイコロを転がすくらいだろうと思っていると、

「おじじさま」

と、またも意外な客が訪ねて来た。

「おう。善吾ではないか」

いちばん上の孫である善吾がやって来たのだ。

後ろには松蔵がいる。

「牛の乳。そろそろ飲みたいだろうと思って」

と、入れものにしている太い孟宗竹《もうそうちく》の筒を五本ほど掲げるようにした。

「すまんな。入れ、入れ。さっそく、それを温めて飲もう」

と、二階に上げた。

じっさい、牛の乳を温めて飲むと、身体が温まるだけでなく、夜などもぐっすり寝られたりする。横沢慈庵も、飯のかわりにしてもいいと、朝比奈に言っていたらしい。

松蔵に鍋に入れて温めさせ、それを三人でふうふう言いながら飲んだ。

さっきまで白かった善吾の顔が、いかにも少年らしい輝きのある赤みに染まってきた。

「遊びに来たのか？」

と、桃太郎は訊いた。

「わしに学問のことを訊いても無駄だぞ」

「学問ではなく、剣術のことです」

「剣術？」

ちらりと松蔵を見ると、困ったような顔をしている。

「じつは、喧嘩をするかもしれません」

と、善吾は言った。

「喧嘩をな」

桃太郎は微笑んでいる。

「もしかしたら、剣も抜くことになるかもしれません」

「喧嘩になると、そういうこともあるだろうな」

「道場の剣術と、じっさいの斬り合いは違うものだそうですね」

「違うと言えば違うが、道場で弱いやつは、じっさいの斬り合いも弱いな」

「そうですか」

と、がっかりしたような顔をした。善吾が道場で強いという話は聞いていない。

「誰と喧嘩するのだ？」

と、桃太郎は訊いた。

「学問所でときどき顔を合わせるやつで、おそらく御家人の子でしょう」

「相手は一人か？」

「そう思います」

「喧嘩の理由は？」

「学問所に行かずに、神田川の河原にいたとき、目と目が合いました」

「それだけか？」

「いや。以前から、なにか虫の好かないやつだと思っていたのですが」

善吾の目が、すっと険《けん》を帯びた。

いままで桃太郎は、最初の孫で可愛いという気持ちしかなかったが、同じ歳の者からすると、かなり生意気そうな相手に見えるのかもしれない——と、思った。相手もそうなのだろう。生意気なやつ同士が、まるで魅入《みい》られたようにいがみ合う。そういう歳ごろなのである。桃太郎にも覚えがあった。

「喧嘩はやめておけ」

桃太郎はまっすぐ善吾の目を見て言った。

「やめる？」

意外だというような顔をした。まさか、褒められると思って来たのだろうか。

「そなたの歳ごろは、なにがなんでも命を大切にしなければならぬ」

「命を……武士は命を惜しんではいけないのでは？」

「それは武士として、命を捨ててもよい大義があってのことだ。それも、もっと歳がいってからの話だ。そなたはまだ、元服《げんぷく》も済んでおるまいが」

叱《しか》るように言った。

「元服はまもなく」

善吾は不服そうにした。

「刀を差した者同士の喧嘩は、抜かないと済まないところまで行きがちなのだ。当然、殺すか、殺されるかということになる」

「では、幾つになればよいのですか？」

「あと十年ほどしたら、ぼちぼち始めてもよいかな」

「十年も待てません」

「待たなくてよい。お互いつまらぬことでいがみ合うのはやめようと言えばよい」

「臆病者と罵《ののし》られるでしょう」

「別によいではないか」

「よくありません」

「向こうがおさまらぬようだったら、謝ればよい。悪かったとな」

「わたしは悪くありません」

「それが嫌なら逃げればよい」

「逃げる？」

善吾の声が裏返った。

「わしは逃げるぞ。危ないときは、逃げるのが当たり前だ」

「そんなことを言われるとは思いませんでした」

「そうか」

「もう、いいです。帰ります」

善吾は憤然と立ち上がった。

「若。少し、お待ちを」

と、松蔵が善吾を止め、

「大殿さま。もう一つ、面倒ごとがございます」

と、言った。

「なんだ？」

「大殿さまを探っている者がいます」

「やくざか？」

「ご存じでしたか？」

「まあな」

だが、屋敷のほうまで探っていたとは意外である。まさか旗本屋敷になにかしてくる馬鹿は、いくらやくざにもいないだろうが、うろちょろされるのは迷惑千万である。

「女中に、ここに愛坂桃太郎という人はいるかと訊いていたそうです」

「それで、どうした？」

と、桃太郎は訊いた。

「屋敷の近くにいたところを、わたしと五平太《ごへいた》とでとっ捕まえまして」

「なんだ、捕まえたのか」

松蔵と五平太は、愛坂家の十数人いる中間のなかでももっとも気が利いて、頼りになる二人である。桃太郎が現役のころは、この二人にはずいぶん活躍してもらった。二人ともまだ四十前後で、若い者にも負けていない。

この二人にかかったら、やくざの一人くらい赤子の手をひねるようなものだろう。

「脅したら、泣きじゃくりました。まだ、駆け出しの三下やくざのようです」

「それで、どうした？」

「屋敷に入れるのもなんなので、近くまで連れて来ています」

「ここにか？」

すでに居場所は知られているが、このあたりで騒ぎはつくりたくない。

「いいえ。ほかに仲間はいないみたいですが、いちおうここには連れて来ないほうがいいだろうと思いまして、海賊橋の向こうの材木河岸のところにいます」

「よし、行ってみよう」

思いがけないなりゆきだったらしく、孫の善吾はわけがわからないという顔になっている。

八

雪がいっそう激しくなっていた。

そのせいで、海賊橋の上にも人けがない。卯右衛門のそば屋は開いていて、客はいないらしく、卯右衛門が店の前の雪をかいていた。

「あそこです」

河岸に下りるところに大きなクスノキがあり、その下で雪を避けて立っていた。

「大殿さま。お寒いところをすみません」

　五平太が頭を下げた。

「いや、そなたのほうこそ大変だったな」

「こいつです。大殿さまのことを訊き回っていたのは。なにも話さないので、水にでも浸けてやりましょうか」

　五平太がそう言うと、

「死ぬだろうが」

　後ろ手に縛られていた若い男が、不貞腐れたように言った。

　左目が腫れ上がっているのは、五平太にやられたのだろう。まだ二十歳《はたち》にもなっていないのではないか。だが、両腕には、手首のところまで彫物《ほりもの》が入っているのが見て取れた。

「東海屋千吉のところの者だな？」

　と、桃太郎は訊いた。

「……………」

　若いやくざは答えない。

「まあ、いい。町方に預けよう。どうせ、はたけばホコリが出るのだ」

桃太郎がそう言って、ここから茅場河岸の大番屋もすぐなので、そっちに連れて行かせようとしたとき、

「あ、あそこだ！」

「庄太《しようた》！　やっぱり捕まったのか！」

海賊橋のほうで大声がした。

「兄貴たち。助けてくれ！」

庄太と呼ばれた若いやくざが、泣き声になって叫んだ。

「てめえ、この野郎！」

「うちの若い者を！」

やくざたちが突進して来た。だが、雪が積もっているため、そう速くはない。

「松蔵、五平太。油断するな。あいつらの動きは読めないところがある」

桃太郎が言った。

「はい」

「承知してます」

桃太郎は刀に手をかけ、松蔵と五平太も腰に差していた木刀を構えた。善吾は呆然と立ち尽くし、庄太と呼ばれた若いやくざがよろよろしながら仲間のほうへ

逃げて行った。

　やくざたちは途中まで突進して来たが、ふいに立ち止まり、ゆっくり遠巻きに桃太郎たちを取り囲んだ。

「愛坂桃太郎か？」

　真ん中のやくざが訊いた。

「なんだ、わしはやくざの世界になど興味はないぞ。喧嘩をふっかけるのはやめてくれ」

「とぼけるな」

「とぼけてなどおらぬ」

　言いながら、足を左右に動かしている。足元が悪い。しかも、うっかり下駄《げた》をつっかけるだけで来てしまった。

　松蔵と五平太は、分厚い足袋や油紙などで、雪の備えをしてきたらしい。この二人は心配はない。

　気になるのは、呆然と突っ立っている善吾である。斬り合いになると邪魔になる。

　松蔵に、善吾を避難させるよう、目で合図をした。

だが、いまにも乱闘が始まりそうである。間に合うかどうか。

――まずいな。

そのときだった。

海賊橋の向こうから、

「おお、愛坂ではないか。愛坂桃太郎！　こんなところでなにをしている。まさか、いまだに斬り合いなどやっているわけではあるまいな！」

と、大きな声を上げながらやって来たのは、水戸部金吾ではないか。

「なんだ、あいつ」

やくざたちが一瞬、水戸部のほうを見た。

そのときを見逃さず、桃太郎が動いた。

前にいた二人――ドスを構えていたその二人の腕を、つづけざまに斬った。できれば斬り落としたくはなかったが、一人の腕が手首のところから飛んでしまった。

「ぎゃあ」

やくざが血をまき散らしながら、雪のなかを転がった。

灰のように雪が舞い立った。やくざは、火鉢に落ちた干物のように雪の上で動かなくなった。

桃太郎が動くと同時に、松蔵と五平太も動いていた。

松蔵は、善吾を邪魔だとばかりに突き飛ばし、いちばん近くにいたやくざに木刀で打ちかかった。ドスを振り回そうとしたやくざの肩を打ち、さらにいったん引いた木刀で胸を突いた。

やくざは、息が詰まったらしく、あえぐようにしながら雪のなかに倒れた。

五平太は、やくざの足元に頭から飛び込むように突っ伏しながら、相手の足に木刀を振るった。それはあやまたず、やくざの向《む》こう脛《ずね》を打った。ボキッという音がして、やくざは雪のなかを転がった。

「桃太郎、まだ、やってるのか！　わしらは隠居したのだぞ！　くだらぬことは町方にまかせておけ！」

やくざたちのなかで、水戸部が叱るように喚《わめ》いている。

雪は降りしきっている。

残りは四人。庄太はまだ縄を解かれておらず、相手にならない。

桃太郎は剣の峰を返した。これ以上、血を流させるつもりはない。

真ん中にいたやくざに迫った。できれば、こいつを打ちのめし、残りは降参させたい。

「よぼよぼじじい！　早くくたばれよ！」

説教みたいな悪口を吐きながら、やくざはドスを構えて近づいて来た。こいつのドスは少し長めである。

「はあはあ」

負けずに何か言い返そうとしたが、息が切れているのに気づいた。寒いときは、ただでさえ息が切れやすい。急に激しく動いたのだからなおさらである。

――ここは秘剣でしのぐか。

と思ったが、この雪では紙の枯れ葉は舞ってくれない。

やくざの打ち込みをかわし、首を叩くか。脳裏にはそういう動きを思い描いた。だが、このやくざは右へ右へと回り込み出していた。

なかなか斬り込んで来ない。

なにをしようとしているのか。まったく、こいつらときたら、やるべきことが自分でもわかっていないのだ。

「愛坂桃太郎！　刀をおさめよ。これは、上司としての命令だ！」

水戸部金吾が喚きながら近づいて来た。

しかも、あいだに入ろうとしている。

「どけ！　この糞侍《くそざむらい》！」

やくざが喚いた。

「糞侍？　そのほう、誰だっけ？」

「やかましい！」

水戸部にドスを向けた。

その刹那《せつな》、桃太郎は水戸部のいるほうとは逆に突進し、やくざがハッとなって身をひるがえしたところを首に一撃を入れた。

「うっ」

ふらついたが倒れない。

桃太郎はさらに踏み込み、峰で胴を叩いた。

「むぐっ」

狂暴なやくざが、やっとおとなしくなってくれた。

周囲を見ると、残っていた最後の一人と松蔵が対峙し、五平太がわきから助けに入ったところに、松蔵の木刀がやくざの脇腹を強く突いて、それで喧嘩は終了したようだった。

雪のなかに、八人のやくざが倒れ、呻いている。

庄太だけが、力なく立ち尽くしている。

「桃。大丈夫か」

朝比奈留三郎が駆けつけてきた。後ろには卯右衛門がいるので、長屋に報せに走ったのだろう。

「朝比奈。よせ、きさままで」

水戸部が朝比奈の前に立ちはだかった。

「水戸部さん？」

朝比奈は唖然となった。それもそうだろう。

「わしらはこんなことをしている場合ではない。いまから佐野常四郎《さのじょうしろう》の屋敷に踏み込むのだ。さあ、行くぞ」

佐野常四郎とは、たしか二十数年前、密貿易に関与したことで、目付五人が屋敷に踏み込んだ旗本ではなかったか。もちろん家は取りつぶしとなって、いまはない。

だが、水戸部金吾は、さくさくと雪を踏み、江戸橋のほうへ立ち去って行った。

「なんだ、水戸部さんは？」

朝比奈が周囲を見回しながら訊いた。

「なあに、惚けても人の役に立てることはあるということだ」

「そうなのか」

「枯木《かれき》も山の賑わいというしな。留。惚けるのを、そんなに恐れる必要もないかもしれぬぞ」

「それは少し安心だな」

そんな話をしていたら、

「どういたした？」

海賊橋のたもとの辻番から勤番《きんばん》の武士が二人、やって来た。さらに、坂本町の番屋からも、

「愛坂さま。大丈夫ですか？」

奉行所の中間と、町役人に番太郎も、捕物道具を手に駆けて来た。

「やくざの襲撃に遭ったが、なんとか大丈夫だった」

上がっていた息も、やっとおさまりつつあった。

「はあ、また、派手におやりになりましたな」

逃げようとしている者もいるが、痛みと寒さと雪で、動くのもままならないらしい。二人ほど、腕を斬ってしまったが、命を落とすことはないはずである。


「確かめたいことがある」

と、桃太郎は突っ立っている庄太のところに行った。

「改めて問う。そなた、東海屋千吉のところの者だな」

「……………」

答えない。情けないところもあるが、口は堅いらしい。

「あれ？」

番屋に来ている中間が、そっぽを向いた別のやくざの顔を回り込んで凝視してから、

「愛坂さま。こいつは、下谷《したや》の獅子蔵《ししぞう》のところの者ですよ」

と、言った。

「下谷の獅子蔵？」

初めて聞く名前である。

「ええ。間違いありません。いっぺん、捕まえたことがあります。あ、あいつも」

と、中間は腕を斬られてうずくまっている者も指差した。

「それは銀次郎の身内か？」

「違います。獅子蔵は、目玉の三次のところの若頭です」

「なんと」

なぜ、桃太郎が目玉の三次の身内に探られなければならないのか。

「どういうことだ？」

桃太郎は庄太に訊いた。

「三次親分をしょっぴくことなんかさせるもんか」

と、庄太は言った。

「なぜ、わしが？」

「知るか。元目付の愛坂桃太郎が、町方をそそのかして、三次親分をお縄にかけようとしてるんだろうが」

「わしがか？」

目玉の三次の姿を思い出した。

長身瘦軀《ちょうしんそうく》で、さすがに迫力があった。老いた日本橋の銀次郎は、人間味はともかく、あの迫力はすでにないと思わされた。

「誰がそう言った？」

「知るもんか。でも、獅子蔵親分も怒ってるぞ」

庄太は桃太郎を睨み返した。

「ふうむ」

桃太郎は思案した。

と、そこへ。

「おじじさま」

と、声がかかった。善吾である。

「なんだ、まだ、いたのか？」

桃太郎も善吾のことはすっかり忘れていた。

「わたしは喧嘩はやめにします」

善吾はチラリとわきに目をやった。そこには、血にまみれた手があった。桃太郎が斬り落としたものだった。なんとか、くっつけることはできないものだろうか。

「うん。それがいいな」

と、桃太郎はうなずいた。

「十年早いです」

「うん。わしも、それくらいが最初だった」

「勉強させてもらいました」

素直な、それが地だと思わせる口調だった。

「また、暇があったら来るといい」

桃太郎は、善吾の肩を叩いて言った。

## 九

朝から陽が差し、しかも気温が上がったので、屋根の上の雪がどんどん解けていっている。軒を伝って落ちる雪解けのしずくは雨のようだし、ほうぼうでどさりどさりと小さな雪崩《なだれ》の音もしていた。

魚市場に行くのも億劫《おっくう》で、朝飯の代わりにするめを焼いて、ワカメの味噌汁を

飲みながら齧《かじ》っていると、

「愛坂さま」

またも外で雨宮の声がした。

昨日の乱闘のことで、ねぎらいにでも来たのだろうと、路地側の障子窓を開けた。

雨宮と又蔵、鎌一の三人がこっちを見上げている。

「どうした？」

「上がってもいいですか？」

大きな声では言えないようなことが起きたらしい。

「ああ、いいとも」

三人は急いで二階に上がって来た。

「なんだ？」

「日本橋の銀次郎が殺されました」

雨宮が言った。

「……………」

桃太郎は声が出ない。

「しかも、殺したのは銀次郎の腹心なんですよ」

「腹心？」

「すぐ近くに住んでいて、銀次郎の片腕のような存在だったんですが、昨夜、ふらりとやって来て、いつもの見舞いだと思ったそうですが、いきなりブスッと」

「捕まえたのか？」

「いえ、逃げました。でも、一年経ったら、またもどって来る。そのときは、江戸の半分はおれが仕切ると言い残して行ったそうです」

桃太郎はまだ残っていたするめを齧り、ゆっくり嚙みながら、

「そいつも操られたな」

と、言った。

「誰にです？」

「東海屋千吉に決まっているだろうが。まだ寝ているのか？」

「寝ています。もう、完全に箱崎のあそこに閉じ籠もっています。舟も見張らせていますが、出していません。布団は三枚敷きにして、みかん山盛りのほかに、卵酒は日に三度飲むそうです。医者にそうしろと言われたんだそうです」

「たいした悪党だな。自分は動かず、噂で人を動かしているんだ」

「そうなので？」

「わしは、やつのばらまいている噂で、封じ込められている」

「ええ、まあ」

「だが、やつの本当の狙いはわしではない。わしはただの邪魔者だ」

もちろん邪魔者は、いつ死んでくれてもいいし、機会があれば殺したい。

「本当の狙い？」

「わしは知らん。本当にあいつとはもう縁を切りたい」

桃太郎は心からそう思った。

雨宮たちが帰って行くと、桃太郎は、

「ふう」

と、ため息をついた。寂しくて、退屈で、愛しくて、たまらない。もう、ずうっと桃子と遊んでいないのである。

桃子もまた、薄々、じいじが冷たくなったと感じているらしい。

下手したら、忘れられるのではないか。

桃子から、

「誰だっけ？」

という目で見られたりしたら、どんな気持ちがするのだろう。

「切ないのう」

桃太郎の懊悩《おうのう》は深まるばかりである。

この作品は双葉文庫のために書き下ろされました。

双葉文庫

か-29-46

わるじい慈剣帖《じけんちよう》（八）

だれだっけ

2022年2月12日　第1刷発行

【著者】

風野真知雄《かぜのまちお》

©Machio Kazeno 2022

【発行者】

箕浦克史

【発行所】

株式会社双葉社

〒162-8540 東京都新宿区東五軒町3番28号
［電話］03-5261-4818(営業部)　03-5261-4833(編集部)
www.futabasha.co.jp(双葉社の書籍・コミックが買えます)

【印刷所】

中央精版印刷株式会社

【製本所】

中央精版印刷株式会社

【フォーマット・デザイン】

日下潤一

---



---



---

ISBN978-4-575-67094-3 C0193
Printed in Japan